RAIKA

IN THE SHADOW OF ASHRUMANI

(Hindi)

By

Lalit Kumar

Publisher:
Self Published by Lalit Kumar
Printer: Notion Press

First Published: 2025
Language: Hindi
Copyright © 2025 Lalit Kumar
All rights reserved.

RAIKA – In the Shadow of Ashrumani
A novel by Lalit Kumar

समर्पण

स्वर्गीय पिताजी को,

जिनकी छाया भले ही अब साथ नहीं रही,

पर जिनके संस्कार मेरी हर पंक्ति में जीवित हैं।

माँ को,

जिनके धैर्य, प्रेम और आशीर्वाद ने मुझे लिखना सिखाया।

और

मेरे दोनों मामा जी को,

जिन्होंने हर मोड़ पर मेरा संबल बनकर साथ निभाया।

प्रस्तावना

नमस्कार दोस्तों,
ये उपन्यास "राईका" ये ऐसे समाज और समय की कहानी है। जिसकी कहानियां किंवदंतियों में तो प्रचलित है लेकिन कभी लेखकों की लेखनी का हिस्सा न बनी।

मैं अक्सर जब मेरे मामा के साथ सारणेश्वर जी के मेले में जाता वहां की संस्कृति को देखता तो लगता की इतनी धनी संस्कृति और इतिहास के बावजूद ये कभी इतिहास का हिस्सा क्यों नहीं बन पाया। मैं जब यहां का इतिहास पूछता तो जवाब मिलता की ये अधिकार भक्ति और शक्ति से मिला है।

ये कहानी उसी सारणेश्वर जी के मंदिर की स्थापना में हुए संघर्ष से प्रेरित है जबकि इसके भीतर दर्शाए गए पात्र,स्थान और घटनाएं अधिकांशतः काल्पनिक है। लेकिन इसमें पिरोई गई संवेदना पूर्णतः यथार्थ है। इस उपन्यास का मकसद राईका समाज के त्याग और सांस्कृतिक मूल्यों को जन सामान्य तक पहुंचाना है। क्योंकि राईका संस्कृति ही वास्तविक राजस्थानी संस्कृति की शांतिदूत है।

ये लेखन यात्रा मेरे लिए आत्म–अवलोकन का माध्यम रही है। इसके लिए कई रातें जाग कर, कई संशयों से लड़कर और कई बार कागज़ को ताकते हुए बीती है। इस कहानी की पढ़ते वक्त इसे इतिहास के चश्में से न देखकर बल्कि इसे सांस्कृतिक विरासत को आगे बढ़ाने के प्रयास के रूप में देखें। आशा करता है की यह कहानी आपके मन को स्पर्श करेगी और आपको सोचने पर मजबूर करेगी। उन लोगों को भी मदद करेगी जो राइका संस्कृति के संरक्षण के लिए प्रयासरत है।

ललित कुमार

अध्याय 1 : अश्रु मणि

1

[दक्ष यज्ञ - अग्निकुंड के समीप]
हवनकुंड की लपटें आसमान को चूम रही थीं। वेदपाठ की गूंज, ऋषियों का आवागमन, और देवताओं की उपस्थिति से वह यज्ञ भूमि जैसे त्रिलोक की सीमा बन गई थी। परंतु उस तेजस्वी वातावरण में एक और ऊर्जा थी—उपेक्षा की।

सती, दक्ष की पुत्री और महादेव की अर्धांगिनी, यज्ञ स्थल पर पहुंचीं। उनके नेत्रों में अपमान की आग थी, लेकिन आवाज में अब भी बेटी का स्नेह था।

"पिताश्री," सती ने यज्ञमंडप की ओर बढ़ते हुए कहा, "क्या आपके यज्ञ में मेरी और मेरे स्वामी शिव की कोई जगह नहीं?"

दक्ष, जो अग्निकुंड के पास स्थित सिंहासन पर आसीन थे, ने उसकी ओर देखा। उनके चेहरे पर कठोरता थी—एक अहंकारी पिता, जो अब एक राजा था।

"सती," उन्होंने बिना भावुकता के कहा, "तुम मेरी बेटी थीं, पर अब तुम एक औघड़ भिक्षु की पत्नी हो। वह जिसे लोग देव कहें या राक्षस—मुझे कोई सरोकार नहीं। मैं उसे इस यज्ञ में आमंत्रित नहीं कर सकता।"

"परंतु वो आदियोगी हैं, महादेव हैं! आप कैसे उनका अपमान कर सकते हैं?" सती की आवाज कांप रही थी, पर वह पीछे नहीं हटी।

"वो तुम्हारे लिए देव हो सकते हैं," दक्ष ने व्यंग्य किया, "पर मेरे लिए वे एक विधर्मी, श्मशानवासी, भस्मधारी प्राणी हैं।"

सती ने एक क्षण को आकाश की ओर देखा। हवनकुंड की अग्नि जैसे भीतर भी जलने लगी थी। वह आगे बढ़ीं, अग्नि के समीप जाकर खड़ी हो गईं।
"जिस अग्नि को आप देवताओं का साक्षी मानते हैं, उसी अग्नि को मैं साक्षी बनाकर स्वयं को समर्पित करती हूँ। मेरी आत्मा अब केवल महादेव की है। मैं इस नश्वर शरीर को त्याग रही हूँ।"

और फिर, जैसे सम्पूर्ण ब्रह्मांड रुक गया हो। सती ने ध्यानमग्न होकर योगाग्नि प्रज्वलित की और उसी अग्नि में विलीन हो गईं।

[कैलाश - शिव का शोक और तांडव]
शिव ने जब सती के प्राण त्याग की अनुभूति की, तो कैलाश पर भयंकर शून्यता छा गई। आकाश में बादल गरज उठे, हिमगिरि की चोटियां कांप उठीं। वह शोक नहीं, वह प्रलय था।

शिव का क्रोध और शोक एक साथ उमड़ा। उन्होंने सती का निष्प्राण शरीर उठाया, और ब्रह्मांड भर में घूमने लगे। उनके बाल बिखरे हुए थे, आँखें रक्तिम थीं, और त्रिशूल बिजली

की तरह चमक रहा था।

"प्रेम का यह अपमान, ब्रह्मांड को स्वीकार नहीं!" उन्होंने गर्जना की।

हर पग पर पृथ्वी कांप उठती। हर डग पर पर्वत चूर हो जाते। गगन में अग्नि की लहरें उठने लगीं। शिव का तांडव एक ऐसी ऊर्जा बन गया था जिसे केवल प्रलय कह सकते थे।

देवताओं ने देखा, ब्रह्मा चिंतित हुए, विष्णु ने अपने सुदर्शन को बुलाया।

"यदि शिव को रोका नहीं गया," विष्णु बोले, "तो सम्पूर्ण सृष्टि भस्म हो जाएगी।"

और तभी, विष्णु ने अपने सुदर्शन चक्र से सती के शरीर को विभाजित करना शुरू किया। हर भाग पृथ्वी पर गिरता गया—और जहां-जहां वह गिरा, वहां शक्ति का संचार हुआ, शक्तिपीठ बनते गए।

परंतु एक पल था, जब शिव की आँखों से अश्रु गिरा। वह अश्रु साधारण नहीं था। उसमें प्रेम, पीड़ा, और सृजन की शक्ति थी।

एक बूंद—केवल एक बूंद—गिरी सरणवा की पहाड़ी पर।

2

[सरणवा की पहाड़ी – अश्रु से उत्पन्न दिव्यता]

रात्रि का तीसरा प्रहर था। आकाश बादलों से घिरा हुआ था, बिजली बार-बार चमक रही थी जैसे ब्रह्मांड की कोई चेतावनी हो। परंतु उस गहन अंधकार और गर्जनाओं के बीच, अचानक एक दिव्य प्रकाश की रेखा आकाश को चीरती हुई धरती की ओर बढ़ी।

वह कोई साधारण तारा न था। वह शिव के नेत्रों से निकली एक अश्रु-बूंद थी—दिव्यता और पीड़ा का पिघला हुआ रूप।

सरणवा की वीरान पहाड़ी, जो सदियों से मौन और अज्ञात थी, अब इस ब्रह्मांडीय बूंद की प्रतीक्षा कर रही थी। जैसे ही वह अश्रु भूमि पर गिरा, धरती ने कम्पन करना शुरू किया। वह जगह, जहां यह बूंद गिरी, एक क्षण में क्रिस्टल की तरह चमकने लगी। एक तेज़ चमक के साथ, वहां से एक मणि प्रकट हुई—नीली, पारदर्शी, और जीवंत। उसमें गति थी, जैसे वह स्वयं एक जीव हो।

उस मणि से लहरें निकलीं—ऊर्जा की अदृश्य तरंगें।

पहाड़ी पर खड़े पुराने वृक्ष, जिनकी टहनियाँ वर्षों से सूखी थीं, हरे होने लगे। उनकी पत्तियाँ चमकने लगीं, जैसे उनमें सूर्य समाया हो। झाड़ियों में से नई-नई वनस्पतियाँ उगने लगीं— कुछ ऐसी, जिनका स्वरूप पृथ्वी पर कभी देखा नहीं गया। हर पौधे से एक हल्की नीली रोशनी निकल रही थी।

पास ही बहता एक छोटा सा जलस्रोत, जो पहले केवल एक निर्जीव धार थी, अब झरना बन गया। उसका जल क्रिस्टल-सा साफ, और भीतर से रोशनी बिखेरता हुआ प्रतीत होने लगा। जिन पशुओं ने वह जल पिया, उनकी आँखों में चमक आ गई, जैसे उन्हें नवजीवन मिल गया हो।

खनिजों में भी परिवर्तन आया। पहाड़ी के भीतर छिपे पत्थर अब कांपने लगे। कुछ स्थानों पर चट्टानें स्वयं फट गईं और उनके भीतर से नीली, चांदी-सी चमकती धारियाँ उभरने लगीं। भूगर्भ से निकलती गर्माहट अब ऊर्जा बन गई थी।

सरणवा, अब केवल एक पहाड़ी नहीं रही। वह एक जीवंत शक्ति केंद्र बन चुकी थी।

[शिव मंदिर की अनजानी स्थापना]
सैकड़ों वर्षों बाद वहाँ एक छोटा-सा शिवलिंग स्थापित किया, बिना यह जाने कि वही स्थान शिव के अश्रु का स्थल है। वही पत्थरों को जोड़कर एक छोटा मंदिर बना डाला—ना कोई वास्तुशास्त्र, ना कोई योजना—सिर्फ श्रद्धा और भक्ति से उपजा वह निर्माण। शिवलिंग कैसे स्थापित हुआ और कैसे मंदिर बना ये सिर्फ समय जानता है।
परंतु किसी को यह ज्ञात न था कि इस मंदिर के नीचे एक दिव्य मणि अब भी विद्यमान है— शिव के प्रेम, क्रोध और त्याग की अमर स्मृति के रूप में। वह मणि अब भी धड़क रही थी— सरणवा की धमनियों में बहती शक्ति बनकर।

अध्याय 2 : राईका

1

अश्रु मणि गिरने के हजारों वर्ष बाद,
सन् 1315,
सरणवा की पहाड़ी के पश्चिमी ढलान – प्राची के उजास में लिपटा घास का मैदान

सवेरा होते ही सोने-सी धूप पहाड़ी की चोटी से उतरकर घास के मैदानों को चूमने लगी थी। ओस की बूंदें अब भी पत्तों पर ठहरी थीं, मानो सूरज के आगमन की प्रतीक्षा में हों। हवा में खुमारी थी—नीम और पलाश के फूलों की भीनी गंध और जंगली तुलसी की महक मिलकर एक स्वाभाविक सुरभि रच रही थी।
कहीं दूर से मोर की कूक और कुरजों की उड़ान उस अरण्य को जीवन दे रही थी।

ऐसे ही एक सबेरे, राइकों के सांबड़ कबीले का एक नवयुवक जंगल से अपने ऊँटों को हांकता हुआ लौट रहा था। उसका नाम था शिवा—20 वर्षीय, तेज़ निगाहों वाला, ललाट पर तिलक लगाए और सिर पर गहरी लाल पगड़ी बाँधे एक निडर युवक। उसकी चाल में विश्वास था, और आँखों में कहीं कोई भूली हुई आग।

उसके साथ था उसका परम मित्र राजा, जो भेड़-बकरियों के झुंड को संभालते हुए साथ चल रहा था।

दोनों घास के मैदान को पार करते हुए एक पगडंडी पर आगे बढ़ते जा रहे थे। शिवा के चेहरे पर हल्की मुस्कान थी, और राजा उसकी ओर देखता हुआ बोला,
"अरे शिवा, आज तेंदुए को अकेले ही भगा दिया, वो भी सिर्फ अपनी लाठी से? सच्ची कहता हूँ, मेरे रोंगटे खड़े हो गए थे।"

शिवा हँस पड़ा, "वो तेंदुआ क्या था, जंगल की शान थी। मेरी साँस भी थमी थी पर हाथ में लाठी थी और दिल में महादेव का नाम। जैसे ही उसने छलांग मारी, मैंने जोर से लाठी तान दी—एक झटके में उसकी दिशा बदल दी।"

राजा ने हैरानी से सिर हिलाया, "हम लोग तो पेड़ पर चढ़ गए थे। तुझे देख लगा जैसे कोई देवता उतर आया हो।"

शिवा की आँखें क्षितिज की ओर टिक गईं, "शायद ये पहाड़ी हमें कोई शक्ति देती है, राजा। ये जंगल कुछ कहता है। हर पेड़, हर पत्थर में कोई रहस्य है।"

[प्रकृति का वर्णन - उस समय की सजीवता]

पगडंडी के दोनों ओर हरे-भरे वृक्ष जैसे कोई रहस्य फुसफुसा रहे थे। पीपल के पत्ते हवा में कांप रहे थे, जैसे कोई अदृश्य शक्ति उन्हें छू रही हो। जामुन और बेर के पेड़ों के नीचे गाय-भैंसे चर रही थीं। पास ही एक छोटी-सी जलधारा बह रही थी, जिसके किनारे सफेद बगुले

ध्यानमग्न खड़े थे।

"चल ना राजा, एक दिन उस पहाड़ी के ऊपर वाले झरने पर नहाने चलते है।"शिवा ने कहा।
"अरे तू पागल हो गया है क्या शिवा" राजा ने चौंक कर कहा।
"वहां जाने के लिए हमे हमारे बड़े बुजुर्ग मना करते है। उस दिन जेठा वहां गया तब तेरे दादा ने उसे कितना डांटा।"
तब शिवा ने मायूसी से मुंह फेर लिया और कहा "ठीक है"

दूर-दूर तक फैले घास के मैदान जैसे हरे कालीन हों, और उनके ऊपर लाल, पीले जंगली फूलों की कढ़ाई की गई हो। हरियाली के बीच से गुजरती वह पगडंडी शिवा और राजा को एक और चर्चा की ओर ले जा रही थी।

[देवझूलनी एकादशी का मेला और जागरण]

राजा ने खुशी से कहा, "इस बार देवझूलनी एकादशी का मेला कुछ बड़ा होने वाला है। सारणेश्वर मंदिर में इस बार पंचधातु की झूला आरती होगी!"

शिवा की आंखों में चमक आ गई, "हां, और इस बार हम दोनों भी मंदिर की सेवा में हिस्सा लेंगे। मैंने सुना है रातभर का जागरण भी होगा।"

राजा बोला, "माँ कह रही थी कि भजन मंडली वाले इस बार 'शिव पार्वती संवाद' गाने वाले हैं। वो जब ढोलक की थाप पर महादेव की गूंज उठती है न, तो शरीर कांप जाता है।"

शिवा ने भावुक स्वर में कहा,
"और जब 'ॐ नम: शिवाय' के जाप के साथ वो नाथा दादा उस मंदिर के शिखर की ओर देखकर गाते हैं—'आज म्हारा भोले बाबा भांग घणी पीदी रे ', तो ऐसा लगता है जैसे कैलाश खुद पास उतर आया हो।"

दोनों दोस्त अब पहाड़ी के उस मोड़ पर पहुँच चुके थे, जहां से सारणेश्वर मंदिर का ऊंचा गुबंद दूर से दिखाई देता था। सुबह की रोशनी में मंदिर का शिखर मानो आकाश को छू रहा था।

शिवा कुछ क्षण वहां ठिठका। उसकी आंखें मंदिर के पीछे उस स्थान की ओर चली गईं, जहां वर्षों पहले वह अश्रु मणि गिरी थी... उसे नहीं पता था, पर उसके भीतर कुछ हलचल सी होने लगी थी।

2

संध्या का समय था। सूरज धीरे-धीरे पहाड़ियों के पीछे डूबने को था, और आकाश के रंग सुनहरे से गुलाबी होते जा रहे थे। हवा में मिट्टी और पशुओं की गंध मिली हुई थी—वो सौंधापन जो केवल गाँवों की साँझ में मिलता है।

[राइकों की बस्ती - सांबड़ कबीला]

सरणवा की ढलानों के नीचे, झाड़ियों और पथरीले रास्तों के बीच फैली थी राइकों की बस्ती। आधे पक्के, आधे कच्चे मकान—कुछ मिट्टी से बने, जिनकी दीवारों पर गेरू और चूने से पारंपरिक चित्र बनाए गए थे, और कुछ ईंटों के जिनकी छतें खपरैल से ढकी थीं। हर घर के आगे छोटी-बड़ी चौपालें थीं, जिन पर पुरुष हुक्के की गुड़गुड़ाहट में किस्से बाँटते और स्त्रियाँ गाय के गोबर से लिपाई करती मिलतीं।

बस्ती के एक छोर पर ऊँटों और भेड़-बकरियों के लिए बड़े-बड़े बाड़े बने थे। लकड़ी और काँटेदार झाड़ियों से घिरे इन बाड़ों में ढेरों पशु—ऊँटों की ऊँची गर्दनें और भेड़ों की गोल-गोल आँखें। गोधूलि की बेला में उनकी आकृतियाँ धुंधली होती रोशनी में अद्भुत प्रतीत होती थीं।

[शिवा और राजा की वापसी]

शिवा और राजा अपने-अपने पशुओं को हाँकते हुए बस्ती में दाखिल हुए। शिवा की ऊँटनी 'रूपा', जो पीली रेत-सी रंगत वाली थी और जिसके गले में चांदी की घंटियाँ बँधी थीं, उसकी सबसे प्रिय थी। रूपा को देखकर बच्चे दौड़ पड़े, उसे सहलाने लगे।

शिवा ने मुस्कराते हुए उसकी गर्दन थपथपाई और सीधा चला गया उस घर की ओर जो गाँव के बीचोंबीच था—मुखिया रणछोड़ का घर।

[रणछोड़ – एक पराक्रमी मुखिया]

रणछोड़ जी—68 वर्ष के, लंबा, सांवला और आँखों में वह तेज़ जो किसी युद्ध का विजेता लगता है। उसका दायाँ हाथ कोहनी से नीचे नहीं था—पुरानी लड़ाई में गया था, पर उसकी चाल, उसकी आवाज़, और उसकी मूँछें अब भी वैसी ही थीं—जैसे पूरे कबीले की रीढ़।

रणछोड़ जी के घर के बाहर एक नीम का पेड़ था। वहीं चौकी पर बैठे वो ताँबे का हुक्का गुड़गुड़ा रहे थे। पास ही बैठी थी उनकी पत्नी गेरकी—गौरी, शांत चेहरे वाली महिला जिनके हाथों में हमेशा कुछ न कुछ काम चलता रहता था।

[रूपा की बात और पारिवारिक क्षण]

शिवा आया और दादा की चरण वंदना की।
"दादा, आज रूपा ने अकेले ही तेंदुए की गंध पाकर भाँप लिया और मुझे पहले ही सावधान कर दिया। मुझे लगता है वो मेरी बात समझने लगी है।"

रणछोड़ जी हँसे, "वो ऊँटनी नहीं, तेरी बहन है अब! कबीले के ऊँटों में उसका कोई जोड़ नहीं। तेरी तरह ही अक्खड़ और बहादुर।"

गेरकी मुस्कराई, "अब जल्दी से नहाकर आ, आज दाल में केर-सांगरी बनाई है। रूपा को भी पानी पिला देना, भूखी लगती है।"

तब राजा वहां आया उसने कहा "दादी, आपको पता है आज आपके लाडले पोते कहां जाने की बात कर रहे थे।"

"कहां" गेरकी ने जिज्ञासवश पूछा।
"पहाड़ी के ऊपरी झरने के पास नहाने के लिए" राजा ने कहा।
गेरकी गुस्सा होकर बोली "खबरदार शिवा आज के बाद वहां जाने की बात की तो वरना मैं तुम्हारी सारी शरारतों के बारे में तुम्हारे दादा को बता दूंगी"

"नहीं करूंगा दादी" शिवा ने बात को खत्म करने के इरादे से कहा।
तब गेरकी ने चैन की सांस ली।
[देवझूलनी की चर्चा और कबीले का अधिकार]

रात होते-होते पूरा परिवार चौपाल पर जमा हो गया। गांव के कुछ और बुजुर्ग भी पास आ गए।
रणछोड़ ने बात छेड़ी,
"इस बार देवझूलनी एकादशी में मंदिर की देखरेख का दिन हमारा है। राइकों का हक़ है ये, और ये सम्मान हम वर्षों से निभाते आ रहे हैं। उस दिन कबीले के सभी लोग अपनी पारंपरिक पोशाक में मंदिर जाएँगे। कोई सलवार-कमीज या शहरी पहनावा नहीं चलेगा। पुरुष लाल पगड़ी, सफेद धोती, अंगरखा और गेरुए जूते पहनेंगे। महिलाएं पारंपरिक घाघरा-ओढ़नी और काँच की चूड़ियाँ पहनेंगी।"

राजा ने उत्सुकता से पूछा, "दादा, ये मंदिर का अधिकार राइकों को कैसे मिला?"

रणछोड़ का चेहरा थोड़ी देर के लिए गंभीर हो गया। हुक्के की गुड़गुड़ाहट के बीच उसने गहरी साँस ली और नजरें दूर किसी बीते समय में खो गईं।

"उसका किस्सा फिर कभी। अभी सिर्फ इतना जानो कि ये अधिकार खून से और भक्ति से मिला है... पर उस भक्ति में भी तलवारें शामिल थीं।"

शिवा ने कुछ और पूछना चाहा, पर रणछोड़ ने हुक्का एक ओर रख दिया और उठते हुए बोला,
"जाओ अब, कल से तैयारियाँ शुरू करनी हैं। ये एकादशी सिर्फ मेला नहीं है, ये हमारी पहचान है।"

[बस्ती की रात्रि]

रात गहराने लगी थी। दूर कहीं ढोल की थाप सुनाई देने लगी। बच्चों की हँसी, पशुओं की हलचल और धीमी बातों के बीच बस्ती सोने लगी थी। पर शिवा की आँखों में नींद नहीं थी। उसके भीतर कुछ गूँज रहा था—रणछोड़ की बातों में छुपा कोई इतिहास... कोई रहस्य... जो शायद उसके जीवन को बदलने वाला था।

3

सारणेश्वर मेले से तीन दिन पूर्व,
स्थान: रणछोड़ दास का आँगन – बरगद के विशाल वृक्ष की छाँव तले,

संध्या की थमी हुई हवा में हल्की गंध घुली हुई थी—गाय के गोबर, धूपबत्ती, और बरगद की जड़ों की। रणछोड़ दास के आँगन में आज विशेष चहल-पहल थी। बरगद का पेड़—जिसकी छाया पूरे आँगन पर अपना अधिकार जमाए बैठी थी—उसके नीचे कबीले की बैठक बुलाई गई थी।

[बैठक का सजीव चित्रण]

गोल घेरे में चौकियाँ और मूँज की बनी चरपाइयाँ डाली गई थीं। बुजुर्गों ने सिर पर परंपरागत लाल पगड़ियाँ बाँध रखी थीं, कुछ के कानों में हल्के झुमके झूल रहे थे। पास ही राइकों के जवान पानी के मटके और चाय के कुल्हड़ रख रहे थे।

रणछोड़ दास जी, अपने एक हाथ के सहारे पीठ टिकाए बैठे थे, पर चेहरे पर वही तेज और स्थिरता थी। उनके दायीं ओर बैठे थे नाथाजी—उनके पुराने साथी, जिनकी सफ़ेद दाढ़ी और हँसती आँखें अनुभव और सरलता दोनों की पहचान थीं।

"नाथा," रणछोड़ ने गहरी आवाज़ में कहा, "इस बार के मेले में भीड़ ज़्यादा होगी। जवानों को पहले से ही मंदिर की सफाई, झूला सजावट और रात के भजन मंच की व्यवस्था सौंपनी होगी।"

नाथा ने हँसते हुए जवाब दिया, "इस बार पंचमुखी दीया भी हम ही जलाएँगे, रणछोड़। और हाँ, पिछले साल की तरह ढोल वाले को बोल देना, कि रात की गूंज कम न पड़े। महादेव जागे रहें!"

[महाराव विजयराज का आगमन]

उसी समय, दूर से घोड़ों की टापें सुनाई दीं। सब उठ खड़े हुए। राजसी काफ़िला बरगद की छाँव के पास रुका। घोड़े से एक भव्य पुरुष उतरे—महाराव विजयराज, सिरोही के महाराव। चंदन का तिलक, रेशमी साफा और सहज मुस्कान।

रणछोड़ ने उन्हें अभिवादन किया, "महाराव साहब, हमारे घर की धरती पवित्र हो गई आज।"

महाराव मुस्कराए, "रणछोड़ जी, पवित्रता तो इस कबीले से है। आपने परंपरा को जीवित रखा है, तभी सिरोही आज भी सजीव लगता है।"

वे बैठक में शामिल हुए। बातों के बीच उन्होंने गंभीर स्वर में कहा,
"रणछोड़ जी, कुछ पुराने लोग... जो वर्षों पहले यहाँ से गए थे, मैं चाहता हूँ कि वे इस बार मेला देखने लौटें। ये सरणवा की पहाड़ी सबकी है।"

रणछोड़ कुछ देर शांत रहे। उनकी आँखें बरगद की जड़ों पर टिकी रहीं। फिर पुरानी यादों

को पुनः याद करके धीरे से बोले,
"महाराव साहब, जो चला गया, वो नियति के रथ पर बैठकर गया। हमें नहीं पता वो कब लौटेगा। शायद केवल नियति ही हमें फिर से जोड़ सकती है।"

कुछ क्षण का मौन छाया। हवा में बरगद की पत्तियाँ सरसराईं।
नाथाजी ने धीरे से कहा, "रणछोड़ सही कहते हैं, जो संबंध टूटते नहीं, वो समय पर लौटते हैं।"
बाकी बुजुर्गों ने भी सिर हिलाया। महाराव ने मुस्कराकर बात बदल दी।

[भजन संध्या और हल्की हँसी]

"तो बताइए, इस बार महादेव के भजन कौन गाएगा?"
रणछोड़ ने मुस्कराकर नाथाजी की ओर देखा, "क्यों नाथा, इस बार तेरी मीठी मारवाड़ी आवाज़ मंदिर में गूँजे?"
सब हँस पड़े। नाथाजी ने हाथ जोड़ लिए,"अरे माफ करना भाया, अब गला वैसा कहाँ? पिछली बार 'माला रो मणियों गाकर ही दम निकला था!"
तभी एक बुजुर्ग बोला," कोई बात करो नाथा जी, आबुराज की परिक्रमा में तो सबसे आगे भागते हो और भजन गाते वक्त गले को कोसते हो।

तभी दूसरे बुजुर्ग बोले, "गला नहीं, भाव चाहिए। आपके भजन में तो महादेव खुद उतरते हैं।"

[मेले के नियम]

रणछोड़ ने फिर सबकी ओर देखा और गंभीर स्वर में कहा,
"इस बार कोई नियम टूटना नहीं चाहिए। मंदिर में वही जाए जो मर्यादा समझे। राइकों का एक-एक आदमी—धोती, अंगरखा, साफा पहनकर ही मंदिर में जाएगा। महिलाएं पूरी ओढ़नी में रहेंगी। पान, तम्बाकू, हँसी-मज़ाक मंदिर परिसर से दूर रहेगा। यह मेला महादेव की जागृति है, ना कि केवल एक उत्सव।"

सभी ने एक स्वर में कहा,
"जैसा आप कहें रणछोड़ जी।"

महाराव विजयराज ने अंत में कहा, "आप सबके साथ इस बार मैं भी रात के जागरण में बैठूँगा। इस बार सिर्फ एक राजा नहीं, एक भक्त के रूप में।"

बरगद की छाया में वह रात धीरे-धीरे उतरने लगी, लेकिन बैठक के शब्द जैसे वंशों की जड़ों में समा गए—अखंड, अमिट।

4

स्थान: शिवा का आँगन – बाड़े के पास
देवझूलनी एकादशी की सुबह थी। पूरे सरणवा में एक अलग ही हलचल थी। हवा में गुड़हल और चंपा की गंध थी, जो मंदिर में चढ़ाने के लिए घर-घर से तोड़ी जा रही थीं। बच्चे नई

पोशाकें पहने गलियों में दौड़ रहे थे। औरतें हल्दी और उबटन से नहलाकर बालों में फूल गूँथ रही थीं।

लेकिन शिवा के आँगन में इस समय कुछ और ही दृश्य था।

[शिवा और गेरकी – बाड़े की बातचीत]

शिवा नीली धोती पहने, कमर पर अंगोछा डाले भेड़-बकरियों के बाड़े की टूटी झाड़ियों को बाँसों से बाँध रहा था। पास ही उसकी दादी गेरकी, माथे पर हल्का पसीना और ओढ़नी सिर पर कसी हुई, झुकी कमर से लकड़ी के खूँटे गाड़ रही थीं।

"दादी, ये बाड़ तो अब टूट ही जाएगी। अगले महीने तक नया बाँस लाना पड़ेगा पहाड़ से। बकरियाँ अब ज्यादा हो गई हैं, जगह छोटी पड़ रही है।"

गेरकी ने मिट्टी झाड़ते हुए कहा,
"हाँ बेटा, तू ठीक कह रहा है। पर ध्यान रहे, बाड़े की बुनियाद मजबूत होनी चाहिए—जैसे घर की। चाहे कोई अंदर आए या बाहर जाए, नींव न डोले।"

शिवा कुछ पल को रुक गया। गेरकी की बातों में अक्सर जीवन के बड़े पाठ छुपे रहते थे।

उसी समय राजा, लाल साफे में, आँखों में उत्साह लिए, सीटी बजाता हुआ आँगन में दाखिल हुआ,
"ओ शिवा! सब लोग मंदिर पहुँच गए हैं! रणछोड़ दादा तो कब के निकल चुके! तू अभी तक...?"

शिवा हँसा, "बस, आ ही रहा हूँ। दादी को बाड़ की चिंता लगी थी। सोचा, मेला जाने से पहले थोड़ा हाथ बँटा दूँ।"

[तैयारी और विदाई का क्षण]

शिवा घर के भीतर गया, जहाँ उसकी धोती, कुर्ता और लाल साफा पहले से तैयार रखे थे। गेरकी ने उसकी आँखों में काजल का छोटा टीका लगाया,
"कण री नजर नी लागे मारा छोरा रे।"

शिवा तैयार होकर बाहर आया, फिर गेरकी और पास बैठी जतनो बुआ की ओर देखा। जतनो—38 वर्ष की, गहरी आँखों वाली स्त्री, जिनकी आँखों में हमेशा एक रहस्यमय चुप्पी होती थी। उसने कभी शादी नहीं की थी—और क्यों नहीं की, ये बात आज तक किसी को पूरी तरह समझ नहीं आई थी, खासकर शिवा को।

"बुआ, आप भी चलो ना मंदिर। आज भजन संध्या है, और दादी कहती हैं आपकी आवाज़ बहुत मीठी है। आपको सुनना है मुझे आज।"

जतनो मुस्कराई, पर उसकी मुस्कान में एक फीकी परछाईं थी।
"नहीं बेटा, तू जा। आज मन नहीं है जाने का। मां जाएगी, वो सब औरतों के साथ बाद में निकलेगी।"

शिवा ने फिर कहा, "कुछ तो बात है बुआ, हर साल आप टाल देती हैं। क्या मंदिर जाने से कुछ खो दोगी? महादेव से कैसी नाराजगी?"

जतनो कुछ नहीं बोली। बस, चूल्हे की राख कुरेदने लगी। गेरकी ने बात संभालते हुए कहा, "जा बेटा, मैं आऊँगी थोड़ी देर में। जतनो का मन कब जाने जाग जाए। तू अपनी भजन की जिम्मेदारी निभा।"

शिवा ने जतनो को एक पल और देखा—उसकी आँखें कहीं दूर देख रही थीं, जैसे किसी बीते पल में डूबी हो। फिर वह चुपचाप राजा के साथ बाहर निकल गया।

[बस्ती का रास्ता – मेले की ओर]

गाँव की गलियों में अब ध्वनि थी—ढोल, मंजीरे, स्त्रियों के गीत, और मंदिर की ओर जाती पदयात्रा की हलचल। रंग-बिरंगे कपड़े, बालों में फूल, पुरुषों की पगड़ियाँ, बच्चों के हाथ में झूलने वाली मोरछलियाँ... हर कोने में उमंग थी।

पर शिवा के मन में जतनो की चुप्पी और दादी की बातों की परछाईं रह गई थी।

रात्रि उतर चुकी थी, पर आकाश तारे नहीं, दीपों से जगमगा रहा था।

शिवा और राजा मंदिर के द्वार की ओर बढ़ते हुए उस आलोक में डूबे जा रहे थे, जैसे चाँदनी की जगह दीपों ने खुद आकर धरती पर डेरा जमा लिया हो।

5

सारणेश्वर मंदिर का प्रांगण, रात्रि का समय
[शिवा की दृष्टि से मेले का भव्य दृश्य]

सरणवा की घाटी में आज उजास बह रही थी। मंदिर प्रांगण के बाहर की चौड़ी धरती पर मेला फैला था—हर कोने से ढोल-नगाड़ों की आवाज़ आ रही थी, कहीं चकरी घूम रही थी, कहीं ऊँट-घोड़े पर बच्चे सवार थे।

राईका पुरुष और बच्चे—धोती-कुर्ता पहने, गले में कशीदेदार सफेद अंगरखी डाले, लाल साफा सिर पर बाँधे, हाथों में लाठी घुमाते हुए गर्व से चल रहे थे। उनके चेहरों पर एक अलग तेज था, जैसे ये कोई साधारण उत्सव नहीं, बल्कि आत्मा की पुकार हो।

राईका स्त्रियाँ—घेरदार घाघरे, चटक रंगों की जर्सी की ओढ़नियाँ ओढ़े, चूड़ियों की खनक, पाँव में पाजेब की झंकार, और माथे पर सजी बिंदियाँ... वे सजी थीं पर फिर भी सहज थीं— जैसे भूमि की देवी अपने वंशजों के संग मंदिर को अर्पण करने आई हों।

15

कुछ ने अपने ऊँटों को भी सजा रखा था—गले में घुंघरू, पीठ पर मखमली सजावट, माथे पर मोरपंख की झालरें।

शिवा ने मुस्कराते हुए राजा से कहा,
"देख राजा, लगता है ये ऊँट नहीं, कोई बारात आई हो भगवान शिव की!"

राजा हँस पड़ा, "और हम बाराती! चल, कहीं मिठाई की गंध आ रही है... !"
शिवा ने गंभीरता से पूछा,"क्या खाना है" तब राजा खुशी के मारे बोला,"जो तू खिलाए"
तब अचानक शिवा हंसते हुए बोला, "कोई, मोटी मगरी रा भाटा" "पहले मंदिर चल"
फिर शिवा उसे खींच कर मंदिर की तरफ ले गया।

[मंदिर परिसर – शिव के दर्शन]

ज्यों ही दोनों मंदिर परिसर में पहुँचे, एक अद्भुत शांति उन्हें घेरने लगी। देवझूलनी का ये रात्रिकाल मानो समय से परे था।

सामने शिवलिंग के चारों ओर जलता दीया, बेलपत्र, भस्म, और हर-हर महादेव की गूंज... मंदिर की छत पर रंग-बिरंगी झंडियाँ लहरा रही थीं, जैसे स्वयं हवा भी शिव के स्वागत में नृत्य कर रही हो।

"हर हर महादेव..." शिवा के मुँह से खुद-ब-खुद निकला।

[भजन संध्या – बैठक और हँसी]

वे दोनों मंदिर प्रांगण के उस भाग में पहुँचे जहाँ भजन संध्या का आयोजन था। धरती पर चारों ओर दरी बिछी हुई थी। बीच में ऊँचे आसन पर रणछोड़ दास, नाथाजी, और महाराव विजयराज विराजमान थे। पास ही अन्य राईका बुजुर्ग—धवल दाढ़ी वाले, गहरे चेहरे और आँखों में श्रद्धा की आभा लिए।

नाथाजी अभी-अभी अपनी मधुर, काँपती आवाज़ में गणेश वंदना पूरी कर चुके थे—

"वक्रतुंड महाकाय, सूर्यकोटि समप्रभ..." की धुन अभी भी वातावरण में गूँज रही थी।

तालियों की गड़गड़ाहट हुई।

महाराव विजयराज बोले,
"नाथाजी, अब वो गाइए... 'भोले बाबा भोंग घणी पीदी रे'... उसकी तो बात ही और है!"

सबने उत्साह से हामी भरी।

राजा ने मुस्कराते हुए कहा,

"हाँ नाथा जी! वो गाओ... पिछली बार तो आपने गाते-गाते बाबा को झूला झुला दिया था!"

शिवा ने भी बात पकड़ी,
"और हाँ, अगर इस बार आप वो टप्पा भूल गए ना... 'जोनिया नी लायो बाबो मोडिया नी लायो'... तो हम आपको झूले पे खुद चढ़ा देंगे!"

सब ठहाकों में डूब गए। नाथाजी हँसते हुए बोले,
"अरे ओ बालको! अब मेरी आवाज़ में वो दम कहाँ... लेकिन तुम लोग कहो तो कोशिश करूँ..."

रणछोड़ दास ने आँखें मिचकाकर कहा,
"अगर नाथा जी ने गाया, तो पिछली बार की तरह कोई फिर आँखें मूँद के रो न बैठे!"

सभा में फिर से हँसी की फुहार गिरी।

[आत्मा को छूती हुई तैयारी]

तब ढोलक की थाप बजी, वीणा से सुर निकले, और नाथाजी की काँपती, भावपूर्ण आवाज़ उठी— "भोले बाबा भोंग घणी पीदी रे..."

शिवा, राजा और पूरी सभा धीरे-धीरे भजन में खोने लगी। तालियों की लय, सुरों की तरंग और मन की गहराइयों में उठती श्रद्धा का अद्वितीय संगम हो चला था।

[भजन संध्या की सभा – सजीव दृश्य और द्वेष की हलचल]

भजन की मधुर स्वर लहरियाँ अब धीरे-धीरे मंद पड़ने लगी थीं। वातावरण में एक भावुक शांति छाई थी, जैसे पूरी सभा प्रभु शिव के ध्यान में लीन हो गई हो। लेकिन उस सजीवता में एक कोना ऐसा भी था जहाँ भीतर ही भीतर कोई द्वेष पल रहा था।

रणछोड़ दास के ठीक दाहिनी ओर बैठा था—दुर्गाराम, जिसे सब 'दूरा' के नाम से पुकारते थे। पचपन पार का, कसे हुए शरीर का, पर चेहरा हमेशा खीझ से भरा। उसकी छोटी, गहरी आँखें हर पल किसी की कमजोरी पकड़ने की फिराक में रहती थीं। और सबसे ज़्यादा वह जलता था रणछोड़ दास से—उसके सम्मान, नेतृत्व और आदर से।

ज्यों ही भजन समाप्त हुआ, सभा में कुछ क्षण की चुप्पी पड़ी। तभी दूरा ने तीखी आवाज़ में कहा—

"पर एक बात बताओ रणछोड़, वो लोग आज तक क्यों नहीं आए? हर साल तुम कहते हो 'श्रद्धा से आएँगे', लेकिन कितने साल बीत गए... किसी की सूरत नहीं दिखी!"

रणछोड़ ने चुपचाप उसकी ओर देखा, लेकिन कुछ कहा नहीं।
सभा में एक सिहरन-सी दौड़ गई। सभी की निगाहें रणछोड़ और दूरा पर थीं।

महाराव विजयराज ने बीच में कहा,
"दूरा, ये मंदिर सबका है। जो आए, वो बाबा के बुलावे से आता है, और जो नहीं आता, वो भी शायद उन्हीं की मर्जी है। राईका कभी किसी की पुकार से नहीं, अपनी भक्ति से चलता है।"

लेकिन दूरा कहाँ रुकने वाला था। वह जैसे कई वर्षों की भड़ास एक ही साँस में उगल देना चाहता था।

"श्रद्धा? भक्ति? या फिर रणछोड़ की राजनीति? तब से विभाजन हुआ, राईकों का मन टूटा। और उस रात... उस रात जो हुआ, उसके लिए तुम्हारा बेटा देवा जिम्मेदार था। वो जो..."

"बस!" – रणछोड़ के सामने बैठे नाथाजी ने तीखी आवाज़ में टोका। उनकी आवाज़ में भजन वाला माधुर्य नहीं, बल्कि सख्ती थी।

सभा में सन्नाटा पसर गया।
शिवा, जो अब तक मौन था, भीतर से सुलग उठा। उसका चेहरा तपने लगा, जैसे किसी ने अंगारे उसके लहू में फेंक दिए हों। उसने अपने दादा की ओर देखा—रणछोड़ चुप थे, गंभीर थे, पर आँखें ज़मीन पर नहीं, स्वाभिमान से उठी हुई थीं।

"दादा का अपमान मेरे सामने? और वो भी बिना किसी कारण के?" शिवा के होंठ काँपने लगे।

राजा ने धीरे से उसकी बाँह पकड़ी—"शिवा, अभी नहीं..."

सभा में बुजुर्गों की आवाज़ें उठने लगीं—
"दूरा, अब चुप हो जा।" "ये सभा शिव की भक्ति की है, द्वेष की नहीं!"
"जो बीत गया, उसे कुरेद मत!"

रणछोड़ ने धीरे से हाथ उठाया, मानो सबको मौन कर देना चाहता हो। उन्होंने कोई उत्तर नहीं दिया। नाथा और महाराव उसकी इस शांति को समझ रहे थे—यह मौन कोई डर नहीं था, यह सहनशीलता थी, एक पुरानी पीड़ा का संयम।

6

रात का आकाश शांत था। तारों की छाँव में सरणवा की बस्ती के घर मिट्टी की खुशबू से भरे थे। शिवा अपने घर पहुँचा तो भीतर दीप की लौ झूम रही थी। बाहर आँगन में खड़ा नीम का पेड़ हवा से सरसराने लगा था। भेड़-बकरियों की मद्धम मिमियाहट आ रही थी।

गेरकी, उसका इंतज़ार कर रही थी। वह खाट पर बैठी सूती शाल ओढ़े, हाथ में रुई धुन रही थी। शिवा उसके पास आया और चुपचाप बैठ गया। उसका चेहरा थका, उलझन में डूबा हुआ।

गेरकी ने बिना देखे ही पूछा, "सभा में कुछ हुआ क्या?"

शिवा कुछ बोलने ही वाला था कि बाहर से हलचल सुनाई दी।

सिरोही महाराव विजयराज, नाथा जी, और रणछोड़ दास उसके घर तक आ पहुँचे थे। महाराव के चेहरे पर गहरी संवेदना थी। उन्होंने आँगन में खड़े होकर रणछोड़ के कंधे पर हाथ रखा और बोले— "रणछोड़ जी, वो बात पीछे छोड़ दो। समय अपनी चाल चलता है, और हम सब उसका हिस्सा हैं।"

नाथा जी ने सिर हिलाया—"शिवा को सब कुछ बताना होगा, नहीं तो न जाने युवा खून क्या कर बैठे।"

रणछोड़ ने केवल एक हल्की मुस्कान दी। कोई जवाब नहीं। वह जानता था, इस मौन में भी समय की एक पुकार छुपी थी।

वे तीनों बाहर निकल गए।
शिवा वहीं बैठा रह गया, गेरकी की ओर देखते हुए।

"दादी, ये सब... कौन लोग हैं जो नहीं आते? और पिताजी की बात दूरा क्यों कर रहा था? मेरे पिता ने क्या किया था?"

गेरकी की आँखें कुछ पल बंद रहीं... फिर उसने धीरे से सिर पर हाथ फेरा।
"कुछ सवाल वक़्त से पूछे जाते हैं, शिवा...।"

रात्रि का तीसरा पहर था। सरणवा की पहाड़ी पर पसरा सन्नाटा मानो पृथ्वी की सबसे गहरी साँस बन चुका था। हवा में हल्की ठंडक थी, और दूर कहीं ऊँट की घुटी-घुटी सी रुनझुन कानों में पड़ रही थी।

चाँद अब ढल रहा था और तारे नींद में झपकने लगे थे। नीम की टहनियाँ हवा के साथ सरसराती थीं, जैसे रात किसी रहस्य को फुसफुसा रही हो।

शिवा आँगन में खाट पर अधलेटा था। उसकी आँखें खुले आकाश को घूर रही थीं, पर वह तारों से नहीं, उन सवालों से उलझा हुआ था जो सभा में उठे थे। उसकी मुट्ठियाँ कस गईं थीं।
"दादा का नाम उस तरह... पिता के बारे में कोई कुछ कहे... और मैं कुछ भी नहीं जानता..."

अचानक दरवाज़े की चिरचिराहट हुई। रणछोड़ दास भीतर आए। उनके साथ नाथा जी भी थे। दो पुरानी छायाएँ, जो शिवा के बचपन से उसके जीवन की चुपपरियों में शामिल थीं, आज पहली बार कुछ कहने आई थीं।

दोनों खाट के पास आँगन में नीम की छाया के नीचे बैठे। मिट्टी की दीवार पर चाँदनी की हल्की सिलवटें पड़ी थीं। नाथा ने शिवा को ध्यान से देखा, जैसे वह उसके दिल का शोर सुन सकता हो।

"अब वक़्त आ गया है, शिवा..." नाथा की आवाज़ धीमी थी, पर शब्द वज्र जैसे।

शिवा कुछ बोलने ही वाला था, लेकिन रणछोड़ ने हाथ से इशारा किया — "सुन ले, पुत्र... यह समय तेरे लिए भूत की राख से भविष्य की मशाल उठाने का है।"

नाथा बोले — "जिस सत्य से हम तुझे अब तक बचाते आए, अब वही तेरा मार्गदर्शक बनना चाहता है।" शिवा का गला सूखने लगा। उसने सिर्फ एक शब्द कहा — "माता-पिता...?"

नाथा की आँखें नम हो गईं।
"तेरे पिता का नाम देवा था... रणछोड़ का इकलौता बेटा... एक विद्वान, एक योद्धा, और सबसे बड़ा शिवभक्त। और तेरी माँ... तेजस्विनी... वो एक अन्य राइका कबीले की पुत्री थी। उनका मिलन... इतिहास में लिखा एक अद्भुत अध्याय था, और विछोह... एक दुखद महाकाव्य।"

शिवा स्तब्ध बैठा था। रणछोड़ ने नीम की ओर देखा, मानो बरसों पहले की रातों की परछाइयाँ फिर से उतर आई हों।

नाथा ने आगे कहा — "वो रात... मालवा की वो रात, जब तेरे माता-पिता को अलग कर दिया गया... तेरी माँ... उस रात..." नाथा का स्वर काँप गया। "... और तुझे मैं, नाथा, आग और तलवारों के बीच से निकालकर यहाँ लाया, सिरोही... तेरे असली घर।"

शिवा की आँखें फैल गईं। वह अब फुसफुसाया —
"लेकिन... और वो लोग? जो मेले में नहीं आते?"

नाथा बोले — "राइकों के नौ पवित्र कबीले थे। सबका उद्गम था जैसलमेर की मरुभूमि से। लेकिन किन्हीं कारणों से हमें वो जगह छोड़कर सभी को यहां आना पड़ा।"

शिवा धीरे से बोला — "और बुआ जतनो?"

रणछोड़ ने पहली बार सीधे उत्तर दिया —
" वह उस आग की साक्षी है, जिससे तू बचकर निकला। उस घाव की जीवित मूरत है। राइकों के बंटवारे में उसने अपना बहुत कुछ खोया है। क्योंकि जतनो की भी अपनी एक कहानी है।"

शिवा अब काँप रहा था। "तो मैं... राइकों की टूटी कथा का अंतिम अध्याय हूँ..."

नाथा ने सिर हिलाया — "या फिर उसका नया आरंभ।"

चारों ओर हवा सिहर रही थी। नीम की शाखाएँ जैसे शिवा की पीठ पर हाथ फेर रही थीं। तीसरे पहर की चुप्पी अब भारी हो गई थी। रणछोड़ जी और नाथाजी उठ खड़े हुए।

रणछोड़ जी बोले — "भोर जल्द ही होगी शिवा... और फिर... कहानी शुरू होगी, वहाँ से जहाँ से हम सबने रोककर उसे छोड़ा था।"

"तू तैयार रह, पुत्र... क्योंकि राइकों का इतिहास अब पुनः लिखा जाएगा।"

और उस रात, पहली बार, शिवा को अपने नाम की गरिमा का एहसास हुआ।

अध्याय 3 : रैकवासा

1

सन् 1170 | रैकवासा, जैसलमेर राज्य
(145 वर्ष पूर्व की बात)

जैसलमेर की तपती धूप और सुनहरी रेत के विस्तार में, राजधानी से दस कोस दूर एक अद्भुत बस्ती बसी थी — रैकवासा। यह कोई साधारण गाँव नहीं था, बल्कि यह था राइकों का धरोहर स्थल, एक ऐसा क्षेत्र जहाँ मरुभूमि की कठोरता को मात देकर जीवन धड़कता था। लगभग 2000 घरों वाली यह बस्ती न केवल अपने आकार में बड़ी थी, बल्कि आत्मा में एक संस्कृति, परंपरा और भाईचारे से ओतप्रोत थी।

रैकवासा की रचना और जीवन
रैकवासा की रचना एक वृत्ताकार संरचना में थी। बीचों-बीच बसा था 'सांबड़ कबीला', जो राइकों का सबसे बड़ा और नेतृत्वकर्ता कबीला था। सांबड़ कबीले के चारों ओर आठ अन्य कबीले बसे हुए थे —
वेराणा, खाटाणा, चावड़ा, चेलाणा, सावदारिया, भीम, भारका, और पेवाला।

ये सभी नौ कबीले मिलकर 133 उपकबीलों में विभाजित थे। हर उपकबीले की अपनी अलग पहचान, देवी-देवता, परंपरा, और कुल प्रतीक थे। पर इन विविधताओं के बावजूद, एक चीज़ उन्हें अपराजेय बनाती थी — उनकी एकता।

रैकवासा के लोग पशुपालक थे, लेकिन सिर्फ मवेशी पालना उनका काम नहीं था — वह उनकी पूजा थी।
उनके पास हजारों की संख्या में ऊँट, भेड़, बकरियाँ, और गाय थीं। ये मवेशी उनके जीवन की धारा थे — दूध, ऊन, चमड़ा, गोबर, और यात्राओं के साथी भी। ऊँटों के लिए अलग बाड़े होते, जिनमें लंबे साये वाले खेजड़ी के पेड़ लगे होते। भेड़-बकरियों के लिए रेत के टीलों के पास खुले बाड़े बनाए जाते, ताकि हवा बह सके।

रैकवासा में घर कच्चे-पक्के मिश्रित रूप में होते। मिट्टी की दीवारें, गोबर से लिपे आंगन, खप्पर की छतें और लकड़ी के मजबूत दरवाज़े — यह सब मिलकर एक आत्मीयता का वातावरण बनाते।

हर कबीला अपने क्षेत्र में छोटे चौकों में इकट्ठा होता, जहां रात्रि को गीत, हंसी और कहानियाँ गूंजतीं।
सांझ होते ही चूल्हे की आग जलती और दूध से बने पकवान बनते।

रैकवासा में कोई एक सर्वोच्च राजा नहीं था, बल्कि सांबड़ कबीले का नेतृत्व बाकी कबीले स्वेच्छा से स्वीकार करते थे। सभी बड़े निर्णयों के लिए 'रैक पंचायत' होती थी, जहां नौ कबीलों के बुजुर्ग एक चबूतरे पर एकत्र होते और हर निर्णय सर्वसम्मति से लिया जाता।

राइकों की पहचान उनके लाल साफों, बड़े मूँछों और आत्मसम्मान में बसती थी।
हर कबीले की अपनी गाथाएँ, शौर्य गान, और रक्षक कुलदेवता होते, लेकिन जब कोई बाहरी
संकट आता, तो यह सब एक ढाल बनकर खड़े हो जाते।

इन कबीलों की मुख्य आस्था शिव में थी। हर कबीले का छोटा-सा शिवालय होता, लेकिन
पूरे रैकवासा का एक केंद्रीय शिव मंदिर था, जहाँ सभी मिलकर उत्सव, व्रत और भजन संध्या
करते।
रैकवासा सिर्फ एक बस्ती नहीं था — वह एक जीवंत संघ था, एक ऐसा परिवार जिसमें हजारों
लोग, नौ कबीले, सैकड़ों परंपराएँ — और एक हृदय धड़कता था।
यही रैकवासा था — रेगिस्तान की छाती पर बसाया गया एक अदृश्य दुर्ग, जिसे कोई दुश्मन
तोड़ नहीं सकता था, जब तक राइकों की एकता जीवित थी।

2

दोपहर का समय | रैकवासा,

तपती दोपहर थी, लेकिन रैकवासा के बीचों-बीच खेजड़ी के विशाल वृक्ष के नीचे ठंडी छांव
फैली थी। शाखाओं पर बैठी चीलें आलस में आँखें मूँदती, हवा में मंद स्वर में सरसराते पत्ते
— और उस वृक्ष के नीचे बैठे थे राइकों के नौ कबीलों के प्रतिनिधि। खेजड़ी की जड़ें जहां-
जहां फैली थीं, वहाँ राइकों की एकता की जड़ें भी गहराई से जमी हुई थीं।

केंद्र में बैठे थे नेगजी राईका, सांबड़ कबीले के मुखिया। उनके चेहरे पर अनुभव की रेखाएँ
थीं, आँखों में तेज और वाणी में धैर्य। उनके दायें खाटाणा कबीले के जेथा जी, और बाएं
चावड़ा कबीले के रतन जी। पास ही वेराणा के भैरू जी, चेलाणा के मोकल जी, सावदारिया
के बगसरा जी, भीम कबीले के सोजी जी, भारका के लूणाजी, और पेवाला कबीले के दुला
जी बैठे थे।

सभी के सामने मिट्टी के घड़े में ताजा मट्ठा था, और बगल में चूरे और बाजरे की पोटलियाँ।
पशुओं के लिए चारे का प्रबंध, कुंओं की दशा, और नए बाड़ों की चर्चा हो रही थी।

चारों ओर का वातावरण शांत था, बीच-बीच में ऊंटों की घंटियों की आवाज़ और दूर कहीं
बकरियों की मिमियाहट वातावरण को जीवंत कर रही थी। स्त्रियाँ कुएं से पानी भर रही थीं,
बच्चे मिट्टी में ऊँटों के छोटे-छोटे खिलौने बना रहे थे।

इसी माहौल में, एक घोड़े पर सवार सिपाही, जैसलमेर राज्य का संदेशवाहक धूल उड़ाता
हुआ वहाँ पहुँचा। उसकी लाल पोशाक पर धूप चमक रही थी, और पीठ पर रावल की मोहर
वाला चमड़े का झोला था।

वह नेगजी के सामने झुकते हुए बोला,
"मुखिया साहब, जैसलमेर दरबार की ओर से राज्यसभा में उपस्थिति का आमंत्रण आया है।
कल सूरज चढ़ते ही सभी कबीले प्रमुखों को किले में उपस्थित होना है।"

नेगजी ने चुपचाप संदेश लिया। उनकी अनुभवी आँखों ने संदेश पर लगी मोहर को ध्यान से

देखा —
यह रावल के नहीं, दीवान दुर्जनसिंह की मोहर थी।

एक पल के लिए नेगजी की मुद्रा बदल गई। उनके माथे पर सिलवटें उभरीं। पास बैठे सभी प्रमुख यह बदलाव देख रहे थे।
उन्होंने धीमी आवाज़ में कहा,
"यह रावल का नहीं... दुर्जनसिंह का बुलावा है। कुछ और ही मंशा होगी।"

वातावरण में जैसे अचानक ठहराव आ गया। पक्षियों का कलरव धीमा हुआ और पास में बंधा एक ऊँट बेचैनी से गरजा।

खाटाणा कबीले के जेथा जी बोले,
"दुर्जनसिंह तो वर्षों से हमें नीचा दिखाने का कोई न कोई बहाना ढूंढ़ता रहा है।"

रतनजी चावड़ा बोले,
"पर हम राइकों ने आज तक किसी से डर कर सिर नहीं झुकाया, चाहे दीवान हो या दुश्मन।"

नेगजी ने सभी की ओर देखा, उनकी निगाह में साहस और चिंता दोनों थे।
"जाना तो पड़ेगा," उन्होंने कहा,
"पर इस बार कुछ बड़ा खेलने की तैयारी लगती है दीवान की... बहुत बड़ा।"

चारों ओर के वातावरण में अब हलचल थी, जैसे रेगिस्तान की रेत भी उनकी चिंता को महसूस कर रही हो। खेजड़ी के पत्ते अब पहले से तेज सरसराने लगे थे — कोई तूफान दूर से उठता दिख रहा था।

अगले दिन की सुबह जैसलमेर के किले में क्या होगा — यह प्रश्न रैकवासा के हर मन में गूंजने लगा था।

3

जैसलमेर का किला,
सूरज की तेज़ किरणें जब रेगिस्तान की रेत से टकराती थीं, तब दूर से जैसलमेर का किला सोने जैसा चमकता दिखाई देता था। त्रिकूट पर्वत की चोटी पर स्थित यह किला मानो स्वर्णरेखा से खुदा हुआ था — विशाल प्राचीरें, ऊँचे बुर्ज, और अंदर की संकरी गलियाँ जैसे इतिहास के कदमों की आहट सुनाती थीं।

राइकों के काफिले ने जब किले की ओर प्रस्थान किया, तो सामने फैला था मरुभूमि का शान — त्रिकूटगढ़। नेगजी राईका सबसे आगे ऊँट पर सवार थे। उनके साथ बाकी आठ कबीले — वेराणा, खाटाणा, चावड़ा, चेलाणा, सावदारिया, भीम, भारका और पेवाला के प्रमुख थे। सभी के कपड़ों से उनकी गरिमा झलक रही थी — पगड़ियाँ सूरज की चमक से टकरा कर दमक रही थीं और ऊँटों के घुंघरू ताल देते जा रहे थे।

किले का प्रवेश द्वार — "अक्खा पोल" के पास पहुँचते ही सैनिकों ने उन्हें रोका। उन्हें किले

के अंदर ले जाया गया, परंतु वहाँ कोई शाही सेनापति नहीं, बल्कि दीवान दुर्जन सिंह के खास आदमी खड़े थे। राइकों को राजसभा की बजाय सीधे दुर्जन सिंह के महल की ओर ले जाया गया।

दुर्जन सिंह का महल किले के भीतर बना एक अलग ही आलम था — दीवारों पर पुष्पांकित नक्काशियाँ, रेशमी परदे, और चंदन की लकड़ी से बनी कुर्सियाँ। महल में सुगंधित धूप और चंपा के फूलों की गंध फैली हुई थी, पर उस भव्यता के भीतर एक अजीब सी सिहरन थी। सब कुछ सुंदर था, लेकिन अतिशय और अनावश्यक — जैसे उस सौंदर्य की ओट में कोई कुटिलता छिपी हो।

नेगजी और बाकी प्रमुखों को भीतर बुलाया गया।
दुर्जन सिंह अपने सिंहासन पर बैठा था — आँखों में एक कुटिल चमक, चेहरे पर शाही मुस्कान लेकिन भीतर से भरा हुआ घमंड और द्वेष।

"नेगजी राईका जी," वह बोला,
"आपका और आपके सभी साथी कबीले प्रमुखों का हार्दिक स्वागत है। वर्षों से आपने हमारे राज्य की सीमाओं को सुरक्षित रखा है, पशुधन बढ़ाया है... और शांति बनाए रखी है।"

नेगजी ने हल्की सी झुक कर उत्तर दिया,
"हम जैसलमेर की मिट्टी को मातृभूमि मानते हैं, दीवान साहब।"

दुर्जन सिंह ने होंठों पर हल्की मुस्कान लाते हुए बात बदली,
"किन्तु अब राज्य की आवश्यकताएँ बढ़ रही हैं। हमें अपनी राजकोष को भी सुदृढ़ करना है।"
"इसलिए अब पशु चराई पर जो कर 1/6 था, उसे 1/4 किया जाएगा। साथ ही, राइके अपने कुल दुग्ध उत्पादन का 1/4 हिस्सा प्रतिदिन राजमहल तक पहुँचाएँगे।"

सन्नाटा छा गया।
रतनजी चावड़ा ने हँस कर कहा,
"पर यह तो सीधा अन्याय है।"

नेगजी ने शांत लेकिन दृढ़ स्वर में कहा,
"हम राज्य के अधीन हैं, लेकिन यह निर्णय बिना रावल जैसलजी की जानकारी के हो रहा है। हम निवेदन करते हैं कि हमें रावल साहब से बात करने दी जाए।"

दुर्जन सिंह की आँखें सिकुड़ गईं।
"रावल महाराज इस समय किले में नहीं हैं। और यह निर्णय दरबार की आवश्यकता है। आप लोगों को पालन करना ही होगा।"

नेगजी समझ गए — ये निर्णय रावल का नहीं, केवल दुर्जन सिंह की चाल है।

बहस होती रही, वेराणा के भैरूजी बोले —
"हम राईके हैं। दूध, मक्खन, ऊन — ये हमारी आत्मा है। आप हमसे हमारी आत्मा का चौथा हिस्सा रोज़ लेना चाहते हैं?"

दुर्जन सिंह ठंडे स्वर में बोला,
"राज्य को आत्माएँ नहीं, कर चाहिए।"

अंततः, नेगजी के चेहरे पर उदासी और विवशता छा गई।
"यदि यही आदेश है, तो हम उसे मानेंगे। लेकिन इतिहास गवाह रहेगा कि इस निर्णय ने हमारे और राज्य के संबंधों में पहली दरार डाल दी है।"

निर्णय हुआ:
राइकों को प्रतिदिन अपने कुल मक्खन उत्पादन का 1/4 हिस्सा दीवान के महल तक पहुँचाना होगा। और यह जिम्मेदारी स्वयं राइकों की रहेगी।

नेगजी बाहर निकले — आँखें आसमान की ओर थीं, जैसे कुछ अनहोनी को देख रही हों। किले की प्राचीरों पर उड़ते पक्षी अब जैसे चुप हो गए थे। और जैसलमेर की हवा में पहली बार राइकों की स्वतंत्रता के खिंचते हुए स्वर सुनाई देने लगे।

4

रैकवासा की शाम —

सूरज धीरे-धीरे क्षितिज के पीछे ढल रहा था। हवा में खेजड़ी और बबूल के पत्तों की महक घुली हुई थी। पशु अपने बाड़ों में लौट चुके थे — ऊँटों की धीमी रेंभ, बकरियों की मिमियाहट और चूल्हों से उठता धुआँ पूरे गांव को एक पारंपरिक जीवन की लय दे रहा था।

गांव के मध्य में स्थित एक विशाल खेजड़ी वृक्ष की छांव तले राइकों की बैठक बुलाई गई थी। यह वही स्थान था जहाँ पीढ़ियों से सभी नौ कबीले — सांबड़, वेराणा, खाटाणा, चावड़ा, चेलाणा, सावदारिया, भीम, भारका, पेवाला — एक साथ बैठकर हर संकट पर चर्चा करते थे। उस शाम हवा स्थिर थी, पर माहौल में तनाव की लहरें थीं।

नेगजी राईका, सांबड़ कबीले के मुखिया और राइकों की परंपराओं के संरक्षक, बैठक के केंद्र में बैठे थे। उनका चेहरा थका हुआ था, परंतु आंखों में अभी भी नेतृत्व का तेज़ था। उनके चारों ओर सभी कबीले के प्रमुख बैठ चुके थे, पगड़ियाँ माथे पर कसकर बंधी थीं, कुछ की मूँछें तने हुए आत्मसम्मान का प्रतीक थीं।

पहले कुछ क्षण मौन के रहे। फिर चेलाणा कबीले के जोगजी ने गहरी साँस लेकर कहा, "नेगजी, ये कैसा न्याय है? आधा दूध तो मवेशियों के बच्चों को पिलाना ही पड़ता है... फिर जो थोड़ा बहुत बचता है उससे या तो घर का घी बनता है या मक्खन बेचकर हम दाल-आटा लाते हैं। अब उसका भी चौथा हिस्सा चला जाएगा। हमारे बच्चे क्या खाएंगे?"

भीम कबीले के नेता भैरूजी ने ठोस स्वर में कहा,

26

"हमारे पास खेत नहीं, कोई खजाना नहीं... हमारी संपत्ति हमारे मवेशी हैं। और उनके दूध से ही घर का चूल्हा जलता है। दुर्जन सिंह को तो जैसे हमारी हालत से कोई लेना-देना ही नहीं।"

वेराणा कबीले के किशनदास बोले,
"अब सोचो नेगजी... घी और मक्खन से हम दवाइयाँ, कपड़े, हल, रस्सी — सब खरीदते हैं। जब यही नहीं रहेगा तो बाकी ज़रूरतें कैसे पूरी होंगी?"

पेवाला कबीले के बूढ़े हरीराम जी ने कांपती आवाज़ में कहा,
"हमने रैकवासा को इसलिए नहीं बसाया था कि रोटी के लिए दूसरों की ओर देखना पड़े।"

सभी की नज़रें अब नेगजी की ओर टिक गईं — जैसे वह अकेला दीपक हो जो इस अंधकार में कुछ उजाला कर सके।

नेगजी ने लंबी साँस ली, और उनकी गम्भीर आवाज़ फिज़ाओं में फैल गई:
"भाइयों, मैं जानता हूँ... ये बोझ अन्यायपूर्ण है। ये फैसला रावल महाराज का नहीं, दीवान दुर्जन सिंह का है। हममें से हर कोई आहत है... लेकिन अभी हमें धैर्य रखना होगा।"

उन्होंने एक क्षण सबकी आँखों में झाँका और फिर बोले:
"ये पहली बार नहीं जब किसी ने हमारे अस्तित्व को चुनौती दी हो। पर याद रखो — हमारी एकता हमारी सबसे बड़ी ताकत है। अगर हम बिखर गए, तो यही कर कल को हमारी आज़ादी छीन लेगा।"

सन्नाटा गहराता चला गया। सिर्फ झींगुरों की आवाज़ और कुछ मवेशियों की आवाज़ें बीच-बीच में इस मौन को काट रही थीं।

"अभी के लिए," नेगजी ने धीमे लेकिन दृढ़ स्वर में कहा,
"हम ये नियम मानते हैं — लेकिन चुप नहीं रहते। हम अपनी एकता बनाए रखते हैं, अपनी परंपराएँ नहीं छोड़ते, और सही समय आने पर... अपनी बात रावल महाराज तक पहुँचाते हैं।"

बैठक समाप्त हुई, पर सभी के चेहरों पर चिंता की परतें गहरी थीं। फिर भी, नेगजी की आवाज़ में जो विश्वास था, वह कुछ पल के लिए ही सही — हर राईके को संबल दे गया।

5

चार महीने बाद — जैसलमेर का किला, दुर्जन सिंह का महल

रेगिस्तान की ठंडी हवाएँ अब गर्मी का अहसास कराने लगी थीं। राईकों के नौ कबीले अब जैसे-तैसे अपने पशुधन से लगान की भरपाई करने में जुटे हुए थे। हर घर में दोहने के बाद मक्खन निकाला जाता, उसे मटकों में भरकर सुखाकर परखा जाता और फिर नापा तौला कर जैसलमेर किले तक पहुँचाया जाता। यह काम अब एक मजबूरी बन चुका था।

पेवाला कबीले की 19 वर्षीय मधु, अपनी चाची की तबीयत खराब होने और पिता के अन्य

काम में व्यस्त होने के कारण उस दिन अकेली ही घी के मटके लेकर किले गई थी। वह सीधी-सादी लड़की थी, पर आत्मसम्मान से भरपूर। जैसे ही वह किले के पिछले द्वार से अंदर गई, पहरेदारों ने उसे भीतर जाने की अनुमति दे दी — क्योंकि राईकों की महिलाएं अक्सर लगान लेकर आती थीं।

वह जैसे ही दुर्जन सिंह के महल के एक कक्ष में घी का मटका रखने गई, महल के भीतर से आती शराब की तीखी गंध ने उसे चौंका दिया। दुर्जन सिंह, एक सुनहरे कुर्ते में, भारी नशे की हालत में, एक हाथ में शराब का गिलास लिए पलंग पर अधलेटा था। उसकी नजरें डगमगाती थीं, पर जैसे ही उसने मधु को देखा, उसकी आँखों में एक गंदी, शिकारी सी चमक तैर गई।

"अरे ओ...! तुम ही लाई हो ना आज मक्खन? आओ... आओ... यही रखो... पास आओ जरा!" उसकी आवाज धीमी थी, पर वह धीरे-धीरे खड़ा हो गया और लपककर मधु के सामने आ गया।

मधु हड़बड़ाकर पीछे हटने लगी।
"मैं घी रख के जा रही हूँ हुकम..." उसने डर के साथ धीमे स्वर में कहा।

"अरे-अरे... इतनी जल्दी क्या है? ये तो रिवाज़ है यहाँ... मेहमान को कुछ पिलाते हैं हम..." वह पास की मेज से एक और गिलास उठाकर उसमें शराब भरता है और मधु की ओर बढ़ाता है।

"नहीं हुकम... मैं—"
"क्यों? क्या मैं अच्छा नहीं हूँ? तुम लोग तो लगान देने आते हो... अब थोड़ा और क्यों नहीं देते?"

मधु अब पूरी तरह सहम चुकी थी। उसने पीछे हटते हुए हाथ जोड़े —
"मुझे जाने दीजिए हुकम..."

लेकिन दुर्जन सिंह अब अपने आपे में नहीं था। उसने मधु का हाथ पकड़ने की कोशिश की। मधु घबरा गई — उसकी साँसें तेज़ हो गईं। तभी उसकी नजर मेज पर पड़े एक भारी कांसे के गिलास पर गई।

एक क्षण में उसने वह गिलास उठाया और पूरे ज़ोर से दुर्जन सिंह के सिर पर दे मारा। धमाक की आवाज़ पूरे कक्ष में गूँज गई। दुर्जन लड़खड़ाया, लड़खड़ाते हुए नीचे गिरा और उसके सिर से खून टपकने लगा।

मधु बिना एक पल गँवाए वहां से भागी।
महल के गलियारों में दौड़ती उसकी चूड़ियों की खनक और उसकी सांसों की आवाज़ जैसे महल की दीवारों को हिला रही थी।

"पकड़ो उसे!" दुर्जन सिंह के चिल्लाते ही महल के दो-तीन सिपाही उसका पीछा करने लगे।

किले के अंधेरे रास्तों में भागती मधु, धूल उड़ाते, गली-गली मोड़ती हुई, अपनी जान बचाने के लिए दौड़ रही थी। उसकी साँसें तेज थीं, दिल ज़ोरों से धड़क रहा था, और पाँव लड़खड़ा रहे थे — लेकिन उसकी आँखों में सिर्फ एक लक्ष्य था — रैकवासा वापस पहुँचना।

जलते सूरज की किरणें रेत को तवे-सा तपाकर रखे थीं। दूर-दूर तक फैले मरुस्थल में कोई छांव नहीं, कोई राहत नहीं। मधु, फटे चुनडी के किनारे से अपने माथे का पसीना पोंछती, लड़खड़ाती चाल से रेत में पाँव धंसा-धंसा कर दौड़ रही थी। उसका चेहरा धूल से सना हुआ था, होंठ सूखकर सफेद पड़ गए थे, लेकिन उसकी आँखों में सिर्फ डर नहीं था — जिद और इज्जत की आग भी थी।

"कोई... कोई है?" उसकी कराहती आवाज़ रेगिस्तान की हवाओं में गुम हो रही थी।

तभी दूर, एक छोटी सी रेखा हिलती हुई दिखाई दी — एक रेवड़, जिसमें ऊँट, भेड़ और बकरियाँ चर रहे थे। उनके साथ कुछ राईका पुरुष और लड़के थे, जिन्होंने दूर से ही मधु को लड़खड़ाते आते देखा। वे सतर्क हो गए।

मधु जैसे-तैसे पास पहुँची और घुटनों के बल गिरते हुए बोली, "बचाओ... दुर्जन... दुर्जन सिंह... उसने मेरी इज्जत..." उसका स्वर कांप रहा था, शब्द अधूरे थे, पर आँखें सब कह रही थीं।

रेवड़ में से एक जवान राईका भीमा, जो चेलाणा कबीले से था, तुरंत समझ गया कि बात गंभीर है। उसने अपनी लाठी कमर में खोंसी, ऊँट पर चढ़ा और बिना कुछ कहे कबीले की ओर दौड़ पड़ा।

भीमा जैसे ही पहुँचा, उसने साँस-साँस में घटना की जानकारी दी। पूरा कबीला पहले स्तब्ध और फिर आक्रोशित हो उठा। नेगजी राईका के चेहरे पर पहले सदमा और फिर ज्वालामुखी जैसा गुस्सा दिखाई दिया। उन्होंने तुरंत सभी कबीले प्रमुखों को खेजड़ी के नीचे बुलाया, और एक ही स्वर में बोले:

"अब बहुत हो गया! अब या तो हम जिएंगे, या फिर वो!"

सबने एक स्वर में सहमति जताई। लाठीधारी, पगड़ी बांधे, गले में अंगरखी पहने, सैकड़ों राईका योद्धा अपने रेवड़ों को छोड़कर रेगिस्तान की ओर निकल पड़े।

दूसरी ओर, दुर्जन सिंह, जिसे मधु की भागने की खबर मिल चुकी थी, अपने किले के खास सैनिकों को लेकर रेगिस्तान में पहुंचा। उसके पास तलवारधारी, कवच पहने अंगरक्षक थे। उसके चेहरे पर घमंड और क्रूरता दोनों झलक रहे थे।

लेकिन जब उसने सामने देखा — सैकड़ों राईका पुरुष, सिर पर लाल साफे, हाथों में विशेष लाठी, जो सिर से ऊपर तक मजबूत बबूल की लकड़ी से बनी होती थी — उसकी आँखों में

थोड़ी घबराहट दौड़ गई।

दुर्जन सिंह चिल्लाया, "रुको! ये बगावत है!"
नेगजी ने गरजते हुए कहा, "ये न्याय है, दुर्जन सिंह... तूने राईका बेटी की इज्जत पर हाथ डाला, अब लाठी बोलेगी!"

और फिर रेत का तूफ़ान उठा।

राईकों की लाठी कला अद्भुत थी। वे तलवार की धार को लाठी की घुमावदार चाल से मोड़ते, झुकते, घुमते और फिर एक सटीक वार से सिपाही को जमीन पर गिरा देते।

तलवारें चमकतीं, लेकिन लाठियाँ गरजतीं।

सावदारिया कबीले का देवली, तलवार के वार से बचते हुए अपनी लाठी से एक सैनिक की कमर तोड़ देता है।

भीम कबीले के भीमा, जिसने सबसे पहले खबर दी थी, वह दुर्जन के एक प्रमुख सिपाही को गर्दन पर वार कर गिरा देता है।

नेगजी, अब भी शांत पर सधी चाल में दुर्जन की ओर बढ़ रहे थे।

अंत में चावड़ा कबीले का रतन जी, जिनके शरीर पर पहले ही दो तलवारों की चोट लग चुकी थी, लहूलुहान होकर भी दुर्जन सिंह की ओर बढ़ते हैं।

दुर्जन सिंह, जो अब डर गया था, तलवार घुमाता है, लेकिन रतन जी उसकी चाल को लाठी से मोड़कर उसकी तलवार छीन लेते हैं — और उसी तलवार से, न्याय का कार्य करते हैं।

दुर्जन सिंह वहीं रेगिस्तान की रेत पर ढेर हो जाता है।

धूल से भरी हवा थम गई थी। राईकों की साँसे तेज थीं, लेकिन चेहरों पर स्वाभिमान और गर्व था।

नेगजी ने मधु को पास बुलाया, और बोले,
"आज तूने हमारी आत्मा को बचाया है। तू सिर्फ पेवाला की बेटी नहीं, पूरे रैकवासा की शान है।"

वह दिन राईकों के इतिहास में 'मरुधरा के विद्रोह' के नाम से दर्ज हुआ — जहाँ तलवारों को लाठियों ने जवाब दिया, और अन्याय को न्याय ने।

6

रेगिस्तान की तपती रेत पर आज धूल की कोई आंधी नहीं, बल्कि आने वाले संकट की आशंका थी, जो नेगजी की झुकी हुई पलकों में साफ झलक रही थी।

दुर्जन सिंह की मौत से राईका कबीले ने अपनी अस्मिता और इज्जत की रक्षा तो कर ली थी, लेकिन राजनीति की साजिशों से वे बच नहीं पाए।

जैसे ही दुर्जन सिंह की मौत का समाचार महल पहुँचा, महारावल पहले स्तब्ध और फिर क्रोधित हुए।
लेकिन इससे पहले कि वे सच्चाई जान पाते, दुर्जन सिंह के चापलूस मंत्री— विशेषकर सूरीमल और देवराज, रावल के कानों में ज़हर घोलने लगे:

"महाराज! ये कोई साधारण हत्या नहीं... ये बगावत है। कल दुर्जन मारा गया, आज रैकवासा में रावल की हुकूमत खत्म!"

रावल, जिनकी विचारशीलता इन दिनों शाही विलास में डूब चुकी थी, आग बबूला हो उठे और तुरंत शाही सेना को आदेश दिया कि वे रैकवासा जाकर राईकों को गिरफ्तार करें — अगर प्रतिरोध करें, तो बलपूर्वक कुचल दिया जाए।

रात के दूसरे पहर, खेजड़ी के नीचे, एक बार फिर सभी नौ कबीले जमा हुए। नेगजी ने गंभीर स्वर में कहा:

"हमने न्याय किया, लेकिन अब न्याय की कीमत जान से चुकानी पड़ सकती है। शाही सेना हमारे खिलाफ चल चुकी है।"

सभा में गहरा मौन छा गया।
तब वेराणा कबीले के मुखिया बोले,
"सेना से लड़ना आत्मघाती होगा, और अगर हम गिरफ्तार हुए तो हमारी स्त्रियाँ, हमारे बच्चे... उनकी क्या रक्षा हो पाएगी?"

खाटाणा कबीले के तेज़तर्रार मुखिया बोले,
"हमारे पास है — पशुधन, सम्मान और एकता। जैसलमेर हमारा था... अब नहीं रहा।"

नेगजी ने लंबी साँस लेते हुए निर्णय सुनाया:
"हम जैसलमेर छोड़ेंगे... और जब तक रेत हमारे कदमों के निशान ना मिटा दे, हम पीछे मुड़कर नहीं देखेंगे।"

अगली सुबह...
सूरज की पहली किरण के साथ, रैकवासा की गलियाँ, जहाँ पहले रवींद्र, ढोलक और बंसी की आवाज़ गूंजा करती थी, आज उदासी से भरी खामोशी में डूबी थीं।

औरतें गठरी बाँध रहीं थीं, बच्चे ऊँटों पर चढ़ाए जा रहे थे, मवेशियों की घंटियाँ धीमी स्वर में बज रही थीं। हर चेहरे पर आँसू और संकल्प दोनों थे।

नेगजी ने एक बार पीछे मुड़कर रैकवासा की ओर देखा — "जहाँ मेरा बचपन बीता, जहाँ मेरे पूर्वजों की अस्थियाँ हैं... वहीं अब कोई नहीं रहेगा।"

चेलाणा कबीले की वृद्धा मंगली बाई, खेजड़ी के तने से लिपटकर रो रही थी — "ये खेजड़ी हमारी छांव थी, अब हमारी छांव रेगिस्तान है।"

उधर महल में, कुछ ही दिन बाद, एक ईमानदार मंत्री, लक्ष्मण दास, रावल के समक्ष घटनाक्रम की असलियत लेकर आया। उसने मधु की पीड़ा, दुर्जन सिंह की कुटिलता और राईकों की लाठी से लड़ी न्याय की लड़ाई का वर्णन किया।

रावल हतप्रभ रह गए।
उनकी आँखों में लज्जा थी, उन्होंने सैनिकों को वापस बुलाया और नेगजी के पास माफीनामा भेजा— जिसमें लिखा था:

"राईकों से जो हुआ, वह रावल की आँखों से ओझल था। आप हमारे राज्य के गौरव थे, और रहेंगे। लौट आइए..."

नेगजी ने वह संदेश पढ़ा, और उसे हवा में उड़ा दिया।
फिर बोले:
"हम लौट तो सकते हैं, पर आत्मा वहाँ रह नहीं पाएगी। शायद ये विधि का विधान है... जैसलमेर अब हमारे लिए नहीं रहा।"

और उस दिन, राईकों ने उस इतिहास को पीछे छोड़ दिया जिसमें उनका जन्म था — और उस भविष्य की ओर कदम बढ़ाए, जिसमें संघर्ष, नई धरती और सरणवा की पहाड़ी की खोज छिपी थी।

अध्याय 4 : सरणवा

1

सन् 1171 — सिरोही राज्य

एक वर्ष तक रेगिस्तान की तपती रेत, कँटीली झाड़ियाँ और प्यासे सफर को पार करते हुए, राईका कबीला आखिरकार सिरोही राज्य की सीमाओं तक पहुँच चुका था।
थकान उनके चेहरों पर थी, लेकिन आँखों में अब भी अपनी अस्मिता को बचाने का गर्व चमक रहा था।

सिरोही के शासक, महाराव , राइकों के शौर्य और स्वाभिमान के बारे में पहले से परिचित थे। जब नेगजी ने हाथ जोड़कर सिरोही की भूमि पर शरण माँगी, तो महाराव ने बिना कोई शर्त लगाए, उन्हें सरणवा की पहाड़ी के पास बसने की अनुमति प्रदान की।

सरणवा की पहाड़ी, सिरोही के हरे-भरे विस्तारों में एक भव्य और अद्वितीय चट्टानी श्रृंखला थी।
यहाँ की मिट्टी में एक विशेष प्रकार का खनिज मौजूद था — एक ऐसा धातु तत्व जो सिरोही की तलवारों को बाकी दुनिया से अलग बनाता था।
सरणवा की चट्टानों पर उगने वाली छोटी-बड़ी झाड़ियाँ, महुए के वृक्ष, और नीचे बहती मीठे पानी की धाराएँ — इन सबने इस स्थान को जैसे स्वर्गभूमि बना दिया था।

सांझ के समय जब सूर्य की किरणें पहाड़ी की चट्टानों पर गिरतीं, तो वह सोने जैसे चमकतीं, और ऐसा प्रतीत होता जैसे सम्पूर्ण प्रकृति राईकों के स्वागत में स्वयं सजी हो।

सिरोही स्वयं एक समृद्ध राज्य था — चारों ओर मजबूत परकोटे, चमकते महल, दुर्गम घाटियाँ, और भीतर जीवन से भरपूर बाजारों की रौनक थी।
सिरोही की तलवारें, जो सरणवा की खनिज संपदा से बनी थीं, विश्व प्रसिद्ध थीं — उनकी धार इतनी तीव्र होती थी कि वे एक ही वार में ढाल तक काट डालती थीं। सिरोही के योद्धा इन तलवारों के दम पर पूरे क्षेत्र में अजेय माने जाते थे।

जैसलमेर के कटु अनुभव ने नेगजी को एक बात सिखाई थी —
"सम्मान की रक्षा केवल एकता से नहीं, शक्ति से भी होती है।"

सिरोही पहुंचकर नेगजी ने राइकों की सामाजिक संरचना में गहन सुधार शुरू किए:

युद्धकला का औपचारिक प्रशिक्षण शुरू किया गया।

लाठियों के सिरों पर और आधार पर मजबूत लोहे के कवच लगाए गए, ताकि वे तलवारों का प्रभाव सह सकें।

युवाओं को गोपण विद्या सिखाई गई, जिससे वे सैन्य शैली में लड़ाई कर सकें।
साथ ही अति तीव्र गति से लाठी चलाने की कला भी सिखाई गई जिससे तलवार का भी

33

सामना किया जा सके।

त्वरित आक्रमण, संघटित बचाव, और घेरा विधि जैसी रणनीतियाँ विकसित की गईं।

विशेष अभ्यास सत्रों में तेज दौड़, छलांग, और ध्वनि संकेत द्वारा संवाद करना सिखाया गया।

अब राईका कबीला सिर्फ एक पशुपालक समाज नहीं था, बल्कि एक प्रशिक्षित योद्धा समुदाय बन चुका था, जो जरूरत पड़ने पर अपना और दूसरों का सम्मान और अधिकार दोनों की रक्षा कर सकता था।

नेगजी की आँखों में उम्मीद थी।
जहाँ एक वर्ष पूर्व वे जैसलमेर छोड़ते समय विस्थापन का दर्द झेल रहे थे, आज सरणवा की पहाड़ी के नीचे खड़े होकर उन्हें लगा —
"यह धरती हमारी नई शुरुआत होगी, और इस बार हम न केवल जीएंगे, बल्कि गरिमा के साथ जिएंगे।"

2

कुछ वर्ष बाद
सरणवा की तलहटी, सिरोही राज्य

समय धीरे-धीरे बीत रहा था। सिरोही में राइकों का जीवन अब स्थिर हो चला था। दिनभर पशुपालन, युद्धकला का अभ्यास और रात्रि को खेजड़ी के वृक्षों के नीचे गीतों की मधुर स्वर लहरियाँ — ऐसा उनका साधारण, परंतु गरिमामय जीवन बन चुका था।

एक दिन, भीम कबीले के युवक लखमाराम और सावदारिया कबीले के नौजवान धणाराम, अपने-अपने रेवड़ लेकर सरणवा की तलहटी में पहुँचे।
सर्दी की हल्की धूप में सरणवा की चट्टानें सुनहरी चमक रही थीं। दोनों युवक बातचीत करते हुए मवेशियों को चरा रहे थे। हवा में घुली हुई थी महुए के फूलों की गंध और दूर तलक पसरी थी रेत पर झूमती घास की चादर।

रेवड़ धीरे-धीरे ऊँचाई की ओर बढ़ने लगा।
यह सामान्य बात थी, लेकिन जैसे-जैसे रेवड़ एक विशेष स्थान के समीप पहुँचने लगा, अचानक उनके व्यवहार में अजीब बदलाव आने लगा।
गायें अनायास ही रूक गईं, कुछ भेड़ें मिट्टी पर लोटने लगीं, और ऊँट गर्दन झुकाकर एक ही बिंदु को सूंघते हुए मंडराने लगे।
कुछ पशु तो जैसे उत्साहित हो गए थे — आँखों में चमक, शरीर में ऊर्जा का एक विचित्र संचार।

लखमाराम और धणाराम इस अप्राकृतिक व्यवहार को देखकर चकित रह गए। उन्होंने तुरंत अपने कबीले प्रमुखों को जाकर सूचना दी। प्रमुखों ने इस घटना को साधारण मानने के बजाय गंभीरता से लिया और तत्काल नेग जी को सूचना पहुँचाई।

नेगजी राईका, जिनके अनुभव और दूरदृष्टि पर पूरा कबीला विश्वास करता था, स्वयं उस स्थान पर पहुँचे।
सरणवा की माटी, हवा और पत्थरों के बीच चलते हुए, जैसे ही वे उस विशेष बिंदु के पास आए, एक रहस्यमयी ऊर्जा का स्पंदन उन्होंने भी महसूस किया।
वातावरण में एक प्रकार की गम्भीर गूंज थी — न कोई आवाज, न कोई गति, फिर भी एक अदृश्य कंपन था जो आत्मा तक को झकझोर देता था।
नेग जी के अनुभवी नेत्रों ने तुरंत भांप लिया कि इस स्थान के नीचे कुछ असामान्य छिपा हुआ है।

नेग जी ने कुछ चुने हुए मजबूत नौजवानों के साथ वहां खुदाई करने का आदेश दिया।
सबने उत्साहपूर्वक खोदाई शुरू की, परंतु कुछ ही गहरी खुदाई के बाद उनकी कुदालें और फावड़े कठोर चट्टान से टकरा गईं।
यह कोई साधारण चट्टान नहीं थी —
संगमरमर जैसी चिकनी,
धातु सी कठोर,
और अंदर से गूँजती हुई।

नौजवानों ने पूरी ताकत लगा दी, पर चट्टान पर कोई असर नहीं पड़ा।
सबके चेहरों पर थकान और आश्चर्य के भाव थे।
नेग जी ने गम्भीरता से सबको काम रोकने और स्थान छोड़ने का आदेश दिया। सबके मन में सवाल थे, पर नेगजी की आंखों में गहरी सोच देखकर कोई कुछ पूछ नहीं पाया।

रात्रि के तीसरे पहर, जब चंद्रमा सरणवा के शिखरों पर शांति का प्रकाश फैला रहा था, नेगजी अकेले उस स्थान पर लौटे।
उनके हाथ में एक छोटी लोहे की छड़ और एक तेज धार वाला खंजर था।
वे धीरे-धीरे मिट्टी को हटाने लगे, हर पत्थर को ध्यान से परखते हुए।

घंटों की मशक्कत के बाद, उन्होंने एक स्थान पर हल्की सी दरार महसूस की।
छड़ डालकर जब उन्होंने दबाव बनाया तो वहाँ की मिट्टी ढह गई और एक संकीर्ण सुराख प्रकट हुआ।

नेग जी ने बिना समय गँवाए, उसी संकरी सुरंग में प्रवेश किया।
अंदर का वातावरण ठंडा और दमघोंटू था, लेकिन एक अदृश्य आकर्षण उन्हें भीतर खींच रहा था।

जैसे ही नेगजी गुफा के भीतर पहुँचे, उनका मुँह आश्चर्य से खुला रह गया।

गुफा की दीवारें चमकीली थीं —
ऐसा प्रतीत होता था जैसे लाखों सितारे दीवारों पर जड़े हों।
हर कदम पर मिट्टी से एक मूलगंध उठती थी, जो आत्मा को सुकून देती थी।

गुफा के बीचों-बीच, एक विशाल चट्टानी मंच पर,
एक मणि रखी थी —
चमचमाती, नीली-रक्तवर्णी आभा से युक्त।

यह मणि स्थिर थी, लेकिन उसमें से मंद-मंद ऊर्जा की तरंगे निकल रही थीं, जैसे कोई जीवित प्राणी सो रहा हो।
उसका आकार एक आम की गुठली के जितना था, लेकिन उसकी चमक से पूरी गुफा जगमगा रही थी।
लगता था जैसे वह मणि स्वयं अपने आसपास के वातावरण को शुद्ध कर रही हो।

नेग जी उस मणि को देखकर स्तब्ध रह गए।
उनके मन में कोई संदेह नहीं था कि सरणवा पहाड़ी की विशेषता, सिरोही की तलवारों में अद्वितीय शक्ति और यह भूमि का अनुपम सौंदर्य —सभी का मूल इसी मणि में छुपा था।

लेकिन नेग जी ने अपने अनुभव से यह भी समझ लिया था कि इतनी अद्भुत वस्तु को सामने लाना खतरे से खाली नहीं है।
"कुछ रहस्य समय की गोद में सुरक्षित ही रहने चाहिए,"
यह सोचकर नेगजी ने गुफा के प्रवेश द्वार को कुशलता से पुनः ढक दिया।
इतने अच्छे से कि कोई अनजान व्यक्ति उसकी उपस्थिति का अनुमान भी न लगा सके।

समय के साथ, उस विशेष स्थान पर रेवड़ चराने से मवेशियों का दूध उत्पादन बढ़ने लगा।गायें अधिक पुष्ट, ऊँट अधिक बलवान और भेड़ें अधिक स्वस्थ दिखाई देने लगीं।
धीरे-धीरे कबीले में यह मान्यता बन गई कि वह स्थान पवित्र है।लोग वहां अपने पशुओं को लेकर जाते, मिट्टी उठाते और पूजा करते।हालाँकि अब तक कोई भव्य मंदिर नहीं बना था, पर सरणवा की पहाड़ी ने राइकों के दिलों में एक गहन श्रद्धा का स्थान पा लिया था।

नेगजी ने जीवन भर यह रहस्य अपने हृदय में दबाए रखा,
क्योंकि वे जानते थे कि कुछ शक्तियाँ पूजनीय होती हैं, पर स्वामित्व योग्य नहीं।

3

1295, सिरोही राज्य
(लगभग 120 वर्ष बाद)

समय की धारा निरंतर बहती रही।
सरणवा की वह पावन भूमि, जहाँ एक दिन राइकों ने अपने दुख और संघर्ष के बीच आश्रय लिया था, अब जीवन, उल्लास और समृद्धि का केंद्र बन चुकी थी।

सरणवा की पहाड़ी के चारों ओर राइकों के कबीले अब एक सुव्यवस्थित ढंग से बसे थे।
पहाड़ी को केंद्र में रखकर, कबीले अर्धवृत्ताकार रूप में फैले हुए थे —
जिससे आपसी संपर्क सुलभ, और
रक्षा व्यवस्था सुदृढ़ बनी रहती थी।

पहाड़ी के उत्तर में सांबड़ कबीले का मुख्य डेरा था, जो सबसे बड़ा और पुराना था। यहाँ पर रणछोड़ दास जी का आवास भी स्थित था।

पूरब दिशा में चावड़ा, खाटाणा और वेराणा कबीले बसे थे।

दक्षिण में सावदारिया, भारका और पेवाला कबीले का विस्तार था।

पश्चिम में भीम और चेलाणा कबीले अपने विशाल रेवड़ों के साथ स्थित थे।

कबीले के बीचोबीच एक विशाल बरगद का वृक्ष था, जिसे सभी राईका अपनी "सभा भूमि" मानते थे। वहीं पर प्रतिदिन वरिष्ठजन बैठकर फैसले करते,कला का अभ्यास कराते और युवाओं को जीवन मूल्य सिखाते।

सरणवा के चारों ओर फैली हरी-भरी चरागाहें, छोटी-छोटी जलधाराएँ, और दूर-दूर तक पसरी नरम रेत की परतें — यह सब मिलकर उस स्थल को एक स्वर्गिक रूप प्रदान करते थे।
राइकों के पशुधन के लिए यह भूमि अनमोल थी — गायें, ऊँट, घोड़े और भेड़ें स्वस्थ, पुष्ट और भरपूर संख्या में थीं।

अब राइकों का नेतृत्व नेगजी की चौथी पीढ़ी के रणछोड़ दास जी के हाथों में था।
रणछोड़ दास जी — एक तेजस्वी, न्यायप्रिय और दूरदर्शी नेता थे।
उनकी उपस्थिति में पूरा कबीला गर्व और सुरक्षा की भावना से ओतप्रोत था।

उनके साथ बाकी कबीले प्रमुख भी सहयोग से कार्य करते थे:
चावड़ा कबीला — लक्ष्मण जी
खाटाणा कबीला — रामजी
वेराणा कबीला — किशनजी
सावदारिया कबीला — गमना जी
पेवाला कबीला — थानाजी
भीम कबीला — स्वरूपजी
चेलाणा कबीला — जगरूपजी
भारका कबीला — मोतीजी

रणछोड़ दास जी के साथ उनके सबसे करीबी साथी थे —
नाथाजी (सांबड़ कबीले के) और उनके पुत्र देवा (जो बाद में शिवा के पिता बने)। देवा के साथ चावड़ा लक्ष्मण जी का पुत्र हम्मीर घनिष्ठ मित्रता निभाता था।
हम्मीर और देवा दोनों युद्ध कौशल, ऊंटसवारी और लाठी संचालन में माहिर थे, और रणछोड़ दास जी के अनेक निर्णयों में सक्रिय भूमिका निभाते थे।

राईका समाज अब संगठित, जागरूक और स्वाभिमानी बन चुका था। उनके भीतर एक

अनोखा संतुलन था —संस्कारों की गहराई, युद्ध कौशल की तीव्रता और एकता की अपराजेय भावना।

जहाँ वर्षों पहले नेगजी ने रहस्यमयी मणि को देखा था,
वह स्थान आज भी
गहन श्रद्धा का केंद्र था।
रोज़ सैकड़ों लोग अपने पशुओं को लेकर वहाँ आते, मिट्टी उठाकर अपने रेवड़ों के माथे पर लगाते।
लोग बिना किसी मूर्तिपूजा के उस ऊर्जा का आभार प्रकट करते।हालांकि कोई भव्य मंदिर अभी तक स्थापित नहीं हुआ था, पर भावनाओं का मंदिर राइकों के हृदय में सदा जीवित था।

उधर, सिरोही राज्य अपने स्वर्णिम युग में था।
महाराव विजयराज के कुशल नेतृत्व में राज्य ने अपार उन्नति की थी।

सिरोही की तलवारें अब पूरे राजस्थान ही नहीं, बल्कि उत्तर भारत में प्रसिद्ध थीं।
सरणवा की चट्टानों से निकले विशेष खनिज के कारण
सिरोही की तलवारों में अद्भुत धार और लचीलापन था।

सिरोही का किला — ऊँचे पर्वत पर स्थित, मजबूत दीवारों और नक्काशीदार प्रवेश द्वारों वाला — शौर्य का प्रतीक बन चुका था।

बाजारों में व्यापार फला-फूला था — सोना, चांदी, वस्त्र, घोड़ों की खरीद-फरोख्त और अनाज के भंडारों से सिरोही गुलजार था।

राजमहलों में संगीत, कला, और विद्या का भी सम्मान था।
महाराव विजयराज स्वयं एक कलाप्रिय और न्यायप्रिय शासक थे। वे राइकों के शौर्य और सच्चरित्रता से अत्यंत प्रभावित थे और अक्सर अपने दरबार में राइकों की प्रशंसा करते थे।
राइकों को सिरोही राज्य के संरक्षक,सीमाओं के प्रहरी और सम्मानित नागरिक के रूप में देखा जाता था।

120 वर्षों में, राइका समाज ने भटकते पशुपालकों से आगे बढ़कर संस्कृतिबद्ध योद्धा समाज का रूप धारण कर लिया था। उनकी पहचान अब केवल उनके रेवड़ों से नहीं,बल्कि उनकी बहादुरी, निष्ठा और एकजुटता से भी थी।

रणछोड़ दास जी के नेतृत्व में एक नया युग आकार ले रहा था, जहाँ राइका अपनी पुरखों की विरासत को भी सहेज रहे थे और भविष्य के स्वर्णिम पथ का निर्माण भी कर रहे थे।

सरणवा की सुनहरी ढलानों पर जब सूर्य की प्रथम किरणें गिरती थीं, तो पूरा इलाका सोने की चादर ओढ़ लेता था।
हरे-भरे रेवड़ चरते थे, बच्चों की खिलखिलाहट गूंजती थी, और हर दिशा में समृद्धि, शांति

और उल्लास की धारा बहती थी।

इन खुशियों के बीच,
रणछोड़जी सांबड़ कबीले का गौरवपूर्ण नाम था।
उनका परिवार इस स्वर्गभूमि का हृदय था —
एक ऐसा परिवार जिसे देखकर राईका कबीले गर्व से भर जाते थे।

गेरकी — रणछोड़ जी की पत्नी
गेरकी एक ऐसी महिला थीं जिनका स्वभाव
शीतल चाँदनी की तरह था।
उनके शब्दों में ममता थी, उनकी मुस्कान में अपनापन था।
गेरकी कठिन समय में भी परिवार और कबीले के बीच
धैर्य और संतुलन का अदृश्य सेतु बन जाती थीं।
उनकी वाणी में मधुरता थी, जो झगड़ते बच्चों को भी पल में शांत कर देती थी।
गेरकी को देखकर यह महसूस होता था जैसे कोई सिरोही की शीतल बयार मन को छू रही हो।
उनकी आँखों में एक दूरदर्शी नारी का प्रकाश था — जो आने वाले तूफानों को पहले से भाँप सकती थी।

जतनो — रणछोड़ जी की पुत्री
जतनो सरणवा की वादियों की
अपरिमित सौंदर्य की जीवंत प्रतिमा थी।
उसके लंबे घने केश जब हवाओं में लहराते, तो लगता मानो सरणवा की लताओं ने स्वयं उसे अलंकृत किया हो।
उसकी आँखें — गहरी, शांत और तेजस्वी —
जैसे सरणवा के किसी निर्जन सरोवर की स्थिर गहराइयाँ।
जतनो की मुस्कान में कोई जादू था,
जो सबसे कठोर दिलों को भी पल भर में पिघला देती थी।
वह केवल सुंदर ही नहीं,
बल्कि अत्यंत विवेकशील, निडर और साहसी भी थी —
सरणवा के स्वर्ण युग की
गौरवमयी पुत्री।

देवा — रणछोड़ जी का पुत्र
देवा, रणछोड़जी का गौरव और भविष्य की आशा था।
कद में ऊँचा, कंधे चौड़े और चाल में
सिंह जैसा आत्मविश्वास था।
देवा न केवल युद्ध कला में निपुण था,
बल्कि एक समाजसेवी हृदय भी उसके भीतर धड़कता था।
वह अपने साथियों का मित्र था, छोटों का संरक्षक और बड़ों का सम्मानकर्ता।
देवा का राइकों के भीतर एक अलग ही सम्मान था —

उसे देखकर ऐसा लगता मानो पुरखों की समस्त वीरता ने उसमें नया जीवन पाया हो।

तीजो — देवा की पत्नी
तीजो, चावड़ा कबीले के लक्ष्मणजी की पुत्री और हम्मीर की बहन थी।
वह राइकों की मुक्त चंद्रमा सी नारी थी —
जिसकी कोमलता और शक्ति दोनों अद्भुत संतुलन में थीं। तीन माह की गर्भवती तीजो की
आँखों में मातृत्व का पवित्र तेज झलकता था।
उसका चेहरा सौम्यता से चमकता था,
और उसकी हर प्रार्थना अपने अजन्मे बच्चे के उज्ज्वल भविष्य के लिए थी। वह अपनी कोख
में भविष्य के राइकों की उम्मीदें संजो रही थी,अज्ञात भविष्य से अनजान पर साहस से भरी
हुई।

और इसी संसार का एक और अनमोल रत्न था —
हम्मीर। चावड़ा कबीले का पुत्र, लक्ष्मणजी का बेटा और तीजो का भाई। हम्मीर में चावड़ा
रक्त की शौर्यधारा थी —
परंतु उसमें एक संतुलन भी था:
साहस और संयम का अद्भुत मेल।

हम्मीर का व्यक्तित्व अग्नि और जल दोनों का संगम था।
उसकी भुजाएँ बलशाली, पर हृदय संवेदनशील था।
रणभूमि में वह एक निर्भीक योद्धा था,
तो सभाओं में एक बुद्धिमान विचारक।

देवा और हम्मीर की मित्रता
ऐसी थी जैसे दो अलग-अलग धाराएँ एक ही महासागर में मिल गई हों।
वे बचपन से साथ बड़े हुए थे —
राख से मिट्टी के खिलौने बनाने से लेकर
असली तलवार और लाठी चलाने तक,
उनकी हर स्मृति साझा थी।

जब देवा उत्साहित होता, हम्मीर उसे धरातल पर टिकाए रखता।
जब हम्मीर संकोच करता, देवा उसके हौंसले को आसमान तक चढ़ा देता।
दोनों ने मिलकर राइकों के बीच एक नया जज्बा जगाया था —
"भाईचारे का बल, एकता की ढाल।"

लोग कहते थे,
"अगर देवा अंगार है, तो हम्मीर उसकी लपट को दिशा देने वाली हवा है।"
उनकी दोस्ती राइका कबीले की मजबूत रीढ़ बन चुकी थी।

यह हँसता-खेलता, प्रेम और विश्वास से परिपूर्ण परिवार
राइकों के एक सुनहरे युग का प्रतिनिधित्व कर रहा था।

किन्तु समय की आँखों में कोई कोमलता नहीं होती।
तकदीर की करवटें कब प्रेम को युद्ध में बदल देती हैं, कोई नहीं जानता।

4

उस समय राइकों के सुखी संसार से बहुत दूर,
दिल्ली की आलीशान गलियों में एक नई आंधी उठ रही थी।

सिंहासन पर अब बैठा था — अलाउद्दीन खिलजी।
एक ऐसा शासक जो सिर्फ राज्य नहीं, बल्कि इतिहास को भी अपने घुटनों पर झुकाना चाहता
था।

उसकी आँखों में सपने नहीं थे – बल्कि फतह की भूख, दुनिया की सबसे अनमोल चीजों पर
अधिकार करने का उन्माद था। वह स्वयं को "सिकंदर-ए-सानी" —
दूसरा सिकंदर — मानने लगा था। उसे चाहिए था हर अनमोल वस्तु, हर सुंदरता, हर शक्ति
का स्रोत।

दिल्ली के दीवारों के भीतर
अब गुप्त मंत्रणाएँ हो रही थीं — नई सेनाएँ तैयार हो रही थीं,
नई यात्राएँ नियोजित की जा रही थीं, नई तबाही की कहानियाँ लिखी जा रही थीं।

जब राइका सरणवा की तलहटी में
अपने पशुओं को चरा रहे थे, जब जतनो खेजड़ी के नीचे बच्चों को कहानियाँ सुना रही थी,
जब तीजो अपने अजन्मे शिशु के भविष्य के सपने बुन रही थी, तब उन्हें यह भान भी न था
कि किसी दूर अंधकार में उनके लिए एक तूफान आकार ले रहा था।

क्योंकि जब अलाउद्दीन की नज़र सिरोही और उसके राइकों की शक्ति पर पड़ेगी,
तब सरणवा की शांत वादियाँ भी रणभूमि के नगाड़ों से गूंज उठेंगी।

यह इतिहास की थमी हुई साँसें थीं —
शांति से युद्ध की ओर,
ममता से रणभूमि की ओर,
सपनों से बलिदानों की ओर।

और रणछोड़जी का परिवार — गेरकी, जतनो, देवा और तीजो और हम्मीर
अब अनजाने में एक ऐसी महागाथा का केंद्र बनने वाले थे,
जिसकी गूँज सदियों तक सुनाई देनी थी।

अध्याय 5 : जतनो

1

सारणवा की वादियों में वसंत की हल्की छाँव फैली हुई थी। सरणवा की वह सुबह कुछ अलग थी। पहाड़ियों पर हल्का कोहरा बिछा था, मानो प्रकृति ने स्वयं चाँदी की चादर ओढ़ रखी हो।
पशुधन के घंटियों की धीमी-धीमी टन-टन, पेड़ों से टपकती ओस की बूँदें,
और पक्षियों की मधुर चहचहाहट — सब कुछ एक अद्भुत लय में चल रहा था।

सूरज की पहली किरण जैसे ही सरणवा की ढलानों पर पड़ी, हवा में कस्तूरी की महक घुल गई। सरणवा आज पहले से ज़्यादा शांत, पर भीतर कुछ कहता हुआ लग रहा था।

हम्मीर लाल पगड़ी, सफेद कुर्ता और पीतल के गहनों से सजे ऊँट के साथ देवा से मिलने आया था। घर के बाहर ऊँट बाँध कर जैसे ही भीतर आया —
आंगन की ओर उसकी नज़र चली गई।

वहाँ मिट्टी और पानी की महक के बीच
जतनो घाघरा और हल्की जर्सी की ओढ़नी में,
मिट्टी से आँगन का गार लेप रही थी।

उसके हाथ मिट्टी में सने हुए थे।
बाईं ओर की लट बार-बार उसकी आँखों पर आ रही थी,
पर वो बिना विचलित हुए अपने काम में लगी रही।

हम्मीर की चाल धीमी हो गई। वह उसकी ओर देखता रहा — जैसे वक्त थम गया हो।

और तभी...
उसके भीतर की स्मृति की गलियों में एक दरवाज़ा खुला। उसके मन मस्तिष्क में कुछ साल पहले का दृश्य चलने लगा।
तीन वर्ष पूर्व,
सारणवा की सुबह जैसे सुरों में गूँज रही थी।
चावड़ा कबीले की ढाणी आज विवाह के उल्लास में रंगी हुई थी। बांसों से बनी रंगीन चंवरियाँ,केसर, हल्दी और आम्र पत्रों से सजा आँगन,चारों ओर ढोल की थाप और हँसती खिलखिलाती स्त्रियाँ —जैसे सारा सांबड़ कबीला अपने बेटे देवा के विवाह में सराबोर हो।

बाहर — देवा को राईका परंपरा अनुसार ऊँट पर सजाकर बिठाया गया।
उसका ऊँट "कुंजा" काले रंग का था,
जिसके गले में रंग-बिरंगे घुंघरू और पायलों की झंकार थी।
देवा सफेद रेशमी धोती-कुर्ते में,
गले में गल फूलो माला और लाल साफा बाँधे,
अपने कबीले की आन-बान का प्रतीक बनकर बैठा था।

तभी स्त्रियाँ तालियाँ बजाते हुए गीत गाने लगीं —
"बन्ना मती करो विचार, तोरण रे टीसियो दो,
थोरा होरा हवालदार, तोरण रे टीसियो दो।"
गीत की लहर में हवा भी झूम उठी थी।

वहीं, दाईं ओर खड़ी एक किशोरी —
घेरदार हरे घाघरे और चंदेरी ओढ़नी में —
अपने भाई देवा को अपलक निहार रही थी।

वह जतनो थी।
उसके नयन कुछ कह रहे थे, मानो उसे अपने भाई पर गर्व था पर उस दृश्य में उसकी सरल
सौंदर्यता कुछ और बयाँ कर रही थी।

और वहीं खड़ा था हम्मीर।
चावडा कबीले के युवाओं में सबसे ऊर्जावान, पर इस वक्त वह किसी रण की नहीं,
बल्कि किसी भाव की गिरफ्त में था। उसकी दृष्टि जतनो पर पड़ी —वह थम गया।
समय जैसे स्थिर हो गया।

चंवरी के भीतर जब बाहर तोरण मारने की रस्म हो चुकी, तो जतनो अपने भाई के पीछे
स्त्रियों के संग बैठकर गीत गा रही थी।

उसका स्वर हवा में घुल रहा था —
"धीयड़ली लक्ष्मण जी री बारे पधारो,
केसरियो ऐ ऊबो बारे रज रे ओंगने,
नेनकियो ऐ ऊबो बारे रज रे ओंगने।"

हम्मीर अब भी चुप था,
पर उसका हृदय उन सुरों में डूबा जा रहा था।
जतनो की मुस्कान, उसकी हल्की हँसी,
उसका अपने भाई को थाली से आरती करना —
हर दृश्य हम्मीर के हृदय में छपता जा रहा था।

हम्मीर अभी अतीत के कुएं में डूब ही रहा था की उसे एकाएक उसे वर्तमान की पुकार सुनाई
देती है और वो लौट आता है।

जतनो ने लाल किनारे वाली नीली ओढ़नी ओढ़ रखी थी,
जिससे उसका चेहरा आधा छुपा हुआ था।
उसकी नाक की नथ, कान की झुमकी और माथे की बिंदी —
सभी मिलकर उसे किसी देवी के समान बना रहे थे।
घाघरे की सिलवटें जैसे हवाओं के साथ झूम रही थीं,

और उसके हाथों में मिट्टी, मानो धरती माँ का श्रृंगार कर रही हो।

हम्मीर वहीं थम गया।

उसकी साँसें जैसे रुक गईं।
वह दृश्य उसकी आँखों में कैद हो चुका था।
वह कोई सामान्य स्त्री नहीं थी —
वह तो उसके जीवन की अनकही कविता बन चुकी थी पहली ही झलक में।
—
जतनो ने सिर उठाया,
हल्की मुस्कान के साथ पूछा —
"आप?... देवा तो कहीं बाहर गया है। खेत की तरफ।"

हम्मीर झिझका।
उसने आँखें झुका लीं, जैसे कोई अपराधी पकड़ा गया हो।

"हा... हा, देवा से मिलने आया था... मैं... मैं बाद में आ जाता हूँ।"
उसकी आवाज़ सामान्य थी,
पर हृदय की धड़कनें तूफ़ान बन चुकी थीं।

उसी समय, जतनो के हाथ से मिट्टी का एक छोटा हिस्सा
उसके गाल पर लग गया।
वह हँसी, और धीरे से पल्लू से मिट्टी पोंछने लगी।

उस क्षण, समय जैसे रुक गया।
हम्मीर की आँखों में उस मुस्कान की चिरंजीवी छवि बन गई।

हम्मीर का भीतर बदल चुका था।

जब वह लौट रहा था,
तो उसके कदम भारी थे —
पर दिल हल्का और उड़ता हुआ।

"क्या ये प्रेम है...? पहली नज़र वाला...?
या कोई पूर्व जन्म का संबंध...?"

वह मुस्कुराया,
और पहली बार अपने भीतर
जतनो नाम की हल्की-सी लौ महसूस की।

वह लौ, जो बहुत जल्द
प्रेम की ज्वाला बनने वाली थी —

एक ऐसा प्रेम, जो इतिहास की दीवारों पर
लाठी और तलवारों से नहीं, हृदय और आस्था से लिखा जाने वाला था।

2

सरणवा की शांत, हरी-भरी घाटियों में भले ही सब कुछ यथावत चलता प्रतीत हो रहा था,पर
हम्मीर के अन्तर्मन में एक अजीब-सी हलचल मची हुई थी। जिस दिन से उसने जतनो को
आँगन में मिट्टी से खेलते देखा था,
उस दिन से उसकी दुनिया बदल चुकी थी।

अब उसकी सुबहें सिर्फ सूरज की किरणों से नहीं,
जतनो की मुस्कान की कल्पना से होती थीं।
जब वह रेवड़ के साथ पहाड़ी पर जाता,
तो उसे दूर घाटियों में भी जतनो की आकृति दिखती।
जब वह लाठी उठाता, तो उसका मन कहता —
"काश, यही लाठी उसके सम्मान की रक्षा में उठे।"

रातों को चाँदनी में वह आकाश को ताकता,
और अपने भीतर उसके नाम का तूफ़ान महसूस करता।
जिसने उसकी हिम्मत को नई दिशा दी,
और जीवन को एक नया अर्थ।

उस दिन सरणवा की वादियाँ विशेष रूप से सुंदर थीं।
सूरज बादलों की ओट से निकलकर
सुनहरे रेशमी प्रकाश की धाराएँ धरती पर बिखेर रहा था।
घास पर ओस की बूँदें अब भी चमक रही थीं,
और दूर-दूर तक बबूल और खेजड़ी की छाँवें फैली थीं।
कुछ जगहों पर सरणवा के नीले मोर अपने पंख फैलाए
सावन के स्वागत जैसा नृत्य कर रहे थे।

हम्मीर एक खुले मैदान में
कुछ राईका बालकों को गोपण चलाना सिखा रहा था —
पत्थर की एक गांठ और लंबे धागे से बनी वह पारंपरिक शस्त्र कला,
जो अब राइकों की रक्षा का हिस्सा बन चुकी थी।
बालक कभी पत्थर सीधा फेंकते, कभी उल्टा —
और हम्मीर हँसते हुए उन्हें सुधारता।

इसी बीच, एक हँसी की लहर उसके कानों में पड़ी।

वह पीछे मुड़ा,
तो देखा जतनो कुछ सहेलियों के साथ
ढलान से होती हुई उसी ओर आ रही थी।

45

वो सब सिर पर मटके रखे,
काँसे की पायलों की मधुर झंकार के साथ धीमे-धीमे चल रही थीं।
जतनो ने आज गुलाबी रंग की ओढ़नी ली थी,
और उसकी आँखें सुबह के नीले आसमान जैसी गहरी लग रही थीं।

"तूने देखा सरणवा के मोर आज कैसे नाच रहे थे?"
एक सहेली बोली।

"हा! वो सबसे ऊँची चोटी पर जो बैठा था न,
उसने जैसे ही पंख फैलाए, ऐसा लगा जैसे कोई इंद्रधनुष ज़मीन पर उतर आया हो!"
जतनो ने उत्साह से कहा।

"मुझे मोर बहुत प्यारे लगते हैं... पता है क्यों?"
उसने रुक कर कहा,
"क्योंकि वो अकेले रहते हैं, पर जब नाचते हैं,
तो सारा जंगल जैसे रुक कर उन्हें देखता है।"

हम्मीर वहीं ठहर गया।
उसके हाथ का गोपण गिर गया।

उसे लगा जतनो की वो बात उसके लिए कही गई हो।
जैसे वो मोर नहीं, स्वयं हम्मीर हो —
एकांत, पर भीतर प्रेम की मूसलधार वर्षा लिए।
उसका मन किया कि वक्त वहीं रुक जाए।
वो जतनो की उस मुस्कान को
अपने जीवन का वरदान बना ले।

3

सरणवा की घाटी में उस दिन
केवल मोरों के पंख नहीं खुले थे,
बल्कि एक और प्रेम की परत खुल चुकी थी।
वो प्रेम, जो अब किसी छुपी भावना का हिस्सा नहीं,
बल्कि राइका कबीले के इतिहास में
जतनो और हम्मीर नाम की कहानी का आरंभ बनने वाला था।

उस दिन की सुबह कुछ अलग थी।
जतनो की आँखें जैसे ही खुलीं, तो खिड़की से झाँकती सुनहरी रोशनी की किरणें उसके मुख को सहला रही थीं।
गहरी नींद से जागते हुए उसने माँ गेरकी को पुकारा, फिर पिता रणछोड़ जी और भाई देवा को ढूँढा —
लेकिन पूरा घर एक रहस्यमयी शांति में डूबा था।

46

वह उठी, ओढ़नी को ठीक करते हुए आँगन की ओर चली,
और जैसे ही उसने चौखट पार की —
उसकी आँखें खुली की खुली रह गईं।
सामने का दृश्य जैसे किसी स्वप्नलोक से उतरा हो।

सारा आँगन पक्षियों और वन्य जीवों से भर चुका था —
छोटे-छोटे हिरण झुंड बनाकर इधर-उधर टहल रहे थे,
नीलापन लिए मोर खुले पंखों से नृत्य कर रहे थे,
पेड़ों पर तोते, मैना और कोयल अपने स्वर में
संगीत की छटा बिखेर रहे थे,
और छोटे-छोटे गौरैया और चिड़ियाँ उसकी देहरी पर चहक रही थीं।

सरणवा की उस सुबह में जैसे पृथ्वी और आकाश ने मिलकर
प्रेम का एक रंगीन चित्र बना दिया हो।

जतनो की साँसें थम-सी गईं थीं।
उसके होंठों पर एक अविश्वसनीय मुस्कान थी,
मानो वह खुद भी इन प्राणियों का हिस्सा बन गई हो।

तभी बिल्कुल पास की नीम की झाड़ी से एक मधुर ध्वनि गूँजी —
कभी मोर की पुकार जैसी,
कभी हिरण के मृदु स्पंदन जैसी।

जतनो चौंकी।
उसने ध्वनि की दिशा में देखा —
और तभी एक हल्के से हँसी के साथ
झाड़ियों के पीछे से हम्मीर निकला।

उसके हाथ में बाँस से बना
एक छोटा वंशीनुमा वाद्य था,
जो विशेष ध्वनियाँ निकालने में सक्षम था —
हम्मीर और देवा अक्सर इन ध्वनियों से पशु-पक्षियों को आकर्षित किया करते थे।

हम्मीर ने शरारती मुस्कान के साथ कहा —
"मैं तो सिर्फ एक मोर को बुलाना चाहता था,
पर ये सब... ये तो बिना बुलाए ही आ गए!"

जतनो ठहाका मारकर हँस पड़ी।
उसकी हँसी जैसे उन चिड़ियों की चहचहाहट में घुल गई हो।
हम्मीर उस हँसी में डूब गया।

"कभी-कभी," जतनो बोली,
"कुछ बिना कहे भी सब कुछ कह जाते हैं।"

"और कुछ... बस एक हँसी से सब कुछ समझ जाते हैं,"
हम्मीर ने धीरे से जवाब दिया,
उसकी नज़र जतनो की आँखों से हट ही नहीं रही थी।

जतनो की आँखें झुक गईं। उसका चेहरा लाल हो गया,
और उसने एक झलक में ही हम्मीर के प्रेम की सच्चाई देख ली थी।

"जतनो," हम्मीर ने धीमे स्वर में कहा,
"आपको देखकर लगता है कि ये पहाड़, ये मोर, ये हवा...
सब तेरे ही इशारों पर चलते हैं।"

जतनो ने मुस्कुराकर कहा —
"और आप ये सब मेरे लिए बुलाकर...
मुझे ये बताना चाहता है कि तेरी दुनिया में मेरे अलावा कोई नहीं है?"

हम्मीर ने सिर झुका लिया। शब्द नहीं निकले।
पर उसकी आँखों में प्रेम की वो गहराई थी,
जो हजारों शब्दों से कहीं ज़्यादा बोलती थी।

वो दोनों अब आमने-सामने खड़े थे —
बीच में सिर्फ सरणवा की हवा,
जो फूलों की खुशबू लेकर उन्हें और पास ला रही थी।

"हम्मीर..." जतनो ने पहली बार उसका नाम पुकारा,
इतने कोमल स्वर में, जैसे फूल हवा में बिखरता हो।

हम्मीर ने उसकी ओर एक पग बढ़ाया।
और फिर दोनों चुपचाप — उस मनोहर दृश्य के बीच,
एक-दूसरे की आँखों में देखे बिना भी प्रेम का वो पवित्र वचन कह गए
जो किसी भाषा की ज़रूरत नहीं रखता।

4

यह प्रेम अब संकल्प बन चुका था।
एक निश्चल, पवित्र और निर्विकार बंधन —
जो समय, परिस्थिति और तूफानों से भी अडिग रहने वाला था।

सरणवा की पहाड़ी पर जैसे ऋतुएं भी रुककर उन्हें निहार रही थीं। दिन बीते, लेकिन उस
दिन की पहली मुस्कान और पहली नजर ने हम्मीर और जतनो के दिलों में एक स्थायी जगह

बना ली थी।

अब जब-जब हम्मीर अपने हथियार प्रशिक्षण से फुरसत पाता, या गोपण की कक्षा से लौटता,
तो उसकी नज़र अनायास चावड़ा कबीले के उस आँगन की ओर चली जाती, जहाँ जतनो
अक्सर मिट्टी में रंग घोलती मिलती,
या सहेलियों संग झूला झूलती।

हम्मीर ने अब बहाने बना लिए थे —
कभी देवा से मिलने आता,
कभी कहता — "काकी ने कहा था मटकी लेने आऊँ, शायद यहीं छूट गई थी..."

जतनो उसकी चालें समझती थी,
पर वह भी अब इन मुलाकातों को मन ही मन चाहने लगी थी।

एक दिन, जब सूर्य ढल रहा था और सरणवा की घाटियों पर सुनहरी चादर बिछ चुकी थी,
जतनो अपने आँगन में अकेली फूल चुन रही थी।
हम्मीर आहिस्ता से आकर वहीं खड़ा हो गया।

"फूल इतने सुन्दर हैं, लेकिन इनमें तेरे जैसी बात नहीं,"
हम्मीर ने मुस्कुराकर कहा।

जतनो ने बिना पलटे पूछा —
"हर बार कुछ मीठा कहने क्यों आ जाते हो?"

"क्योंकि तू सुनती है," हम्मीर बोला,
"और जब तू सुनती है, तो लगता है जैसे मेरा दिल धड़क रहा है।"

जतनो ने पहली बार पलट कर उसकी आँखों में देखा —
उस नज़र में संकोच नहीं था, सिर्फ स्वीकृति थी।

वो दोनों अब अक्सर सरणवा की पहाड़ियों की तलहटी में
कभी नदी के किनारे, कभी नीम की छांव में,
बैठ जाते — चुपचाप, बिना शब्दों के,
बस एक-दूसरे की उपस्थिति को महसूस करते।

"तू जब पास होती है, तो युद्ध भी त्यौहार लगता है,"
हम्मीर एक दिन बोला।

"और जब आप दूर होते है, तो त्योहार भी अधूरा लगते है,"
जतनो ने हल्की हँसी के साथ जवाब दिया।

फिर कभी वो मोरों की चाल पर बातें करते,

कभी सितारों के नाम रखकर उन्हें अपनी कहानियाँ सुनाते।
जतनो कहती —
"अगर तू चाँद है, तो मैं उसकी परछाईं बनूँगी।"

हम्मीर जवाब देता —
"पर मैं कभी तुझे अंधेरे में नहीं छोड़ूँगा।"

इन मुलाक़ातों में अब प्रेम का वह मौन समझौता जुड़ चुका था,
जो ना वचन मांगता था, ना प्रमाण।

सरणवा की हवाएँ, नीम की परछाइयाँ,
और मोरों की पुकार — सब उनके प्रेम की साक्षी बन चुके थे।

अब इस प्रेम को देखना बाकी था,
कि क्या यह तूफानों में भी स्थिर रहेगा,
या इतिहास की बदलती करवटें इसे किसी अग्निपरीक्षा में डालेंगी।

सरणवा की शांत घाटियों में जहां प्रेम की सरगम बह रही थी, वहीं अब धीरे-धीरे हम्मीर के
बदलते व्यवहार ने देवा के मन में हलचल पैदा कर दी थी।
देवा, जो हम्मीर का घनिष्ठ मित्र था, उसे हम्मीर की चाल में, बातों में और मुस्कान में कुछ
बदला-बदला सा दिखने लगा था।

कभी जो हम्मीर तलवार की धार पर नज़र रखता था, अब उसकी आंखें किसी और छवि को
ढूंढती थीं।
कभी जो गोपण सिखाते समय बच्चों को उत्साहित करता था, अब वह खुद किसी सोच में
डूबा रहता था।
देवा ने सोचा —
"यह कोई युद्ध की तैयारी नहीं... यह तो किसी दिल की उलझन है।"

एक दिन देवा ने अनायास ही हम्मीर से पूछ लिया —
"कई दिन हो गए, अब तो तू भी कम दिखता है... सब ठीक है?"

हम्मीर ने हल्की मुस्कान में बात टाल दी,
पर देवा जैसे पढ़ चुका था उसकी आंखों की भाषा।

फिर एक दिन, जब जतनो सरणवा की एक घाटी में अपनी सहेलियों के संग थी,
देवा ने दूर से उस ओर जाते हम्मीर की छाया देखी —
ना वह कुछ बोला, ना कुछ पूछा — बस मन ही मन सब समझ गया।

वह रात बहुत लंबी थी। देवा बैठा रहा नीम के नीचे,
और सोचता रहा — "क्या जतनो के लिए कोई और हम्मीर से बेहतर हो सकता है?"

देवा ने अपने बचपन की यादें ताजी की —
हम्मीर की निडरता, उसकी सच्चाई, उसका सम्मान।
और फिर जतनो की मासूमियत, उसका कोमल मन।
इन दोनों की आत्माएं जैसे एक ही मिट्टी से गढ़ी गई थीं।

सुबह होते ही देवा ने एक दृढ़ निश्चय कर लिया।
उसने सबसे पहले अपनी माता गेरकी से बात की।

गेरकी, जो समझ की मूर्ति थी, ने जतनो की मुस्कान में पिछले कुछ समय से जो बदला रंग
देखा था, वो आज समझ में आया।

"हम्मीर?" गेरकी ने मुस्कराते हुए पूछा।

"हाँ, माँ," देवा ने कहा,
"मैंने बहुत सोचा... और मेरी बहन को ऐसा जीवनसाथी मिल जाए, इससे अच्छा और क्या
होगा?"

गेरकी ने सिर हिलाया और कहा —
"सच्चे मन से किया प्रेम कभी गलत नहीं होता बेटा।"

इसके बाद देवा ने अपने पिता रणछोड़ जी से बात की।
रणछोड़ जी गंभीर हुए, कुछ पल चुप रहे, फिर बोले —
"हम्मीर हमारा ही रक्त है, उसका मन जानता हूँ — यदि जतनो को अपनाएगा, तो उसे फूलों
की तरह सहेजेगा।"

फिर पूरे परिवार को बुलाया गया —
लक्ष्मण जी (हम्मीर के पिता), हम्मीर की माता, और अन्य बुजुर्गों को।
चावड़ा और सांबड़ कबीले की वह बैठक सरणवा की हवाओं के बीच हुई।

जब सबके सामने देवा ने प्रस्ताव रखा,
तो लक्ष्मण जी भावुक हो उठे —
"हम तो अपने बेटे के लिए सिर्फ समर्पित जीवन साथी की कामना करते थे,
पर आज वह अपने सबसे करीबी मित्र की बहन से जीवन जोड़ने जा रहा है —
इससे शुभ क्या हो सकता है?"

सबने एक स्वर में सगाई के प्रस्ताव को स्वीकार किया।

गेरकी ने उत्साह से कहा —
"कल पंचमी है, शुभ मुहूर्त है — वही दिन तय करते हैं सगाई के लिए।"

रणछोड़ जी ने हाथ उठाकर सरणवा की ओर देखा और कहा —
"जिस धरती ने इनकी प्रेम कहानी को पाला है, वहीं इनका रिश्ता पनपेगा।"

अब पूरा कबीला एक नये उल्लास से भर उठा था।
जहां कल तक प्रेम छुप-छुप कर बात करता था,
अब वह खुले आंगन में,
लाल चुनरियों और मोरपंखी साज-सज्जा के बीच
सगाई के रूप में खिलने वाला था।
सरणवा में राइका कबीला प्रेम और सौहार्द से भरा हुआ था।
हम्मीर और जतनो अब एक-दूसरे की आंखों में जीवन के सपने देख रहे थे।
प्रेम की वो निष्कलंक चमक, जो पहली बार मिट्टी से सने आंगन में शुरू हुई थी,
अब पूरे कबीले की खुशियों की वजह बन चुकी थी।

रणछोड़ जी, गेरकी, देवा और लक्ष्मणजी — सब मिलकर इस रिश्ते को संजो रहे थे।
घाटियों में मोर नाच रहे थे,
संध्या के समय राईका वाद्य बजते,
और हवाओं में एक अजीब-सी मिठास घुल गई थी।
पर वक्त हमेशा एक सा नहीं रहता...

दूसरी दिशा — दिल्ली सल्तनत

वहीं दिल्ली में अलाउद्दीन खिलजी ने तख्त पर अपने पैर मजबूती से जमा लिए थे।
उसकी आंखों में अब सिर्फ विस्तार का सपना था।

उसके राजमहल की दीवारों में 'सिकंदर-ए-सानी' बनने की गूंज थी।
हर नायाब चीज को हासिल करने का जुनून उसके भीतर आग की तरह जल रहा था।
दक्षिण भारत की संपत्तियाँ,
राजपूताना की तलवारें,
और प्राकृतिक सौंदर्य से भरे छोटे-छोटे राज्यों पर उसकी बुरी नजरें थीं।

अभी राइका कबीला इस तूफान से अनजान था।
उन्हें ये नहीं पता था कि
जिस प्रेम में वे डूबे हैं,
उस पर जल्द ही इतिहास की सबसे बड़ी परीक्षा आने वाली है।

अध्याय 6: रुद्रमाल

1

दिल्ली सल्तनत, सन् 1295
स्थान: सिरी क़िला, दरबार-ए- आलम
सुल्तान अलाउद्दीन ख़िलजी का शाही दरबार

धूप धीरे-धीरे काले पत्थरों से बने सिरी क़िले की प्राचीरों पर फैल रही थी।
दरबार-ए-आलम के विशाल प्रांगण में, गुलाब और केवड़े की खुशबू से हवा महक रही थी,
चारों ओर मलिकाओं और रईसों के गहनों की झिलमिलाहट और रूपहले पर्दों की
सरसराहट थी।

दरबार के बीचोंबीच, काले संगमरमर से बने सिंहासन पर बैठा था वह पुरुष,
जिसकी आंखों में एक नई दुनिया बसाने की आग थी —
सुल्तान अलाउद्दीन ख़िलजी।

उसके वस्त्र मुलायम यमन के रेशमी कपड़ों से बने थे,
कंधों पर बारीक सोने की कढ़ाई वाली शॉल,
माथे पर काले माणिक्य से जड़ा शाही ताज —
जो सूरज की किरणों में चमकता नहीं,
बल्कि एक डर पैदा करता था।

चारों ओर उसकी सेना के उच्च सेनापति, वज़ीर, तुर्की और अफगानी सलाहकार
खामोशी से उसके आदेश का इंतजार कर रहे थे।

सुल्तान की आवाज़ उठी — भारी, धीमी और बहुत ही गंभीर: "हमने दिल्ली की तकदीर को
बदल दिया है। अब वक्त है, कि दिल्ली की सीमाएं भी बदली जाएं।"

वज़ीर ख़िज़र खान ने आगे बढ़कर कहा:
"सुल्तान! आपके नाम से दक्खन तक के शासक कांपते हैं। अब हर दिशा में आपका झंडा
लहराना चाहिए।"

तब सुल्तान ने अपना हाथ उठाया और एक भूगोल-चित्र को देखा, जो संगमरमर की मेज पर
फैला हुआ था —
इस नक़्शे पर गुजरात, मालवा, देवगिरी, रणथंभौर, चित्तौड़ जैसे कई राज्य चिन्हित थे।

उसकी उंगलियां एक-एक कर इन स्थानों को छूती जातीं —
मानो कोई कलाकार अपने अगली कृति की कल्पना कर रहा हो।

"हमें सिर्फ धरती नहीं जीतनी,

53

हमें इत्तेहाद को तोड़ना है,
लोगों के दिलों से बगावत का ज़हर निकालना है,
और हर उस चीज़ को हासिल करना है —
जो दूसरों को बेशकीमती लगती है।"

तभी प्रवेश होता है मलिक काफूर का —
सुल्तान का सबसे प्रिय गुलाम और सेनापति।
उसके कदमों की चाल में विश्वास और चालाकी दोनों थी।

वह झुककर सलाम करता है —
"हुज़ूर... आपकी नज़र जहाँ पड़े, वहाँ फतेह मुकद्दर बन जाती है।"

सुल्तान उसकी ओर देखता है, और मुस्कराते हुए कहता है:
"मलिक... अब वक्त है, तुम्हारे घोड़े की टापें दिल्ली से दूर सुनाई दें।
क्या तुम तैयार हो उस आग को लेकर जो हमारी सल्तनत को रोशन कर सके?"

काफूर आंखें नीची करता है, लेकिन आवाज़ ऊँची:
"मालिक! मैं तैयार हूं। आप हुक्म दीजिए — आग हर तरफ लग जाएगी।"

दरबार की दीवारें जैसे इस संकल्प से गूंज उठीं।
तांबे के जलपात्रों में रखे सुगंधित जल से एक मीठी बर्फीली हवा उठी —
पर वह ठंडक भी सुल्तान के इरादों की गर्मी को नहीं रोक सकी।

अलाउद्दीन उठ खड़ा हुआ —

"अब दिल्ली का सूरज और ऊँचा चढ़ेगा...
और हर वो राज्य जो इसे देखेगा, उसकी छांव में झुक जाएगा!"

2

यह दरबार था एक ऐसे सुल्तान का,
जो सिर्फ राज करना नहीं, बल्कि इतिहास में अमर होना चाहता था — हर पत्थर पर, हर
तलवार पर, हर खजाने पर सिर्फ एक नाम — अलाउद्दीन।

दरबार-ए-आलम की ऊँची छतों पर धूप अब ढलती जा रही थी,
संगमरमर की फर्श पर सुनहरी किरणें लिपट रही थीं,
शाही दीवारों पर जड़े माणिक, पन्ने और पुखराज जैसे सुलतान के सपनों की तरह दमक रहे
थे।

सुलतान अलाउद्दीन खिलजी अपने सिंहासन पर आधे अधेरे में बैठा था,
उसके चारों ओर मौन बिछा हुआ था—
सिर्फ समय की धड़कन सुनाई देती थी... और उसकी आत्मा की पुकार।

तभी दरबार की चुप्पी को चीरता हुआ एक गुप्तचर प्रवेश करता है। उसका चेहरा घूंघट में ढका, कपड़े साधारण लेकिन चाल सधे हुए। उसके हाथ में एक सील किया हुआ मखमली संदूक था।

सिंहासन के निकट खड़े मलिक काफूर ने उसकी ओर देखा और पूछा—
"क्या खोज पूरी हुई?"
गुप्तचर ने धीरे से सिर झुकाया, और "हाँ" में गर्दन हिलाई।

दरबार में बैठे अमीर और उमरा तुरंत सजग हो उठे।
कुछ वर्षों से यह राज सबके कानों में था कि सुल्तान कोई गुप्त खोज करवा रहा है—
एक ऐसी दिव्यता की, जो उसे "सिकंदर-ए-सानी" यानी दूसरा सिकंदर बना सके।

सुल्तान खिलजी की आँखों में उत्सुकता की आग जल उठी। वह थोड़ा झुककर बोला—
"कहो, कहाँ छिपा है वो रहस्य... वो शक्ति... जो मुझे अजेय बनाएगी?"

गुप्तचर ने कहा—
"मालिक, जब आप देवगिरी के सूबेदार थे, तब कुछ ऐसी मुद्राएँ, ताम्रपत्र और पुरानी पांडुलिपियाँ मिली थीं,
जिनमें वर्णन था एक दिव्य ऊर्जा के स्रोत का —
ऐसा स्थान जो समय के पार है, और शक्ति के मूल तक पहुँच सकता है।"

सुल्तान की आँखें सिकुड़ गईं। उसने कहा—
"हाँ, मुझे याद है... वही संकेत जिसने मुझे पागलपन की हद तक खोज में धकेला।"

गुप्तचर ने आगे कहा—
"हमने वर्षों तक उस रहस्य की परतें खोलीं।
यह भी ज्ञात हुआ कि वह दिव्यता 'उत्तर पश्चिम भारत' में, गुजरात और राजपुताने के बीच कहीं विद्यमान है।
इसी संकेत के आधार पर हमने वहाँ गुप्तचर भेजे... और अब, हमें एक ठोस संकेत मिला है।"

सुल्तान थोड़ा आगे झुक गया— जैसे शब्दों को निगल जाना चाहता हो।
गुप्तचर की आवाज़ धीमी लेकिन स्पष्ट थी—
"गुजरात में पाटन के पास एक नगर है – सिद्धपुर।
वहाँ एक प्राचीन शिवालय है – रुद्रमाल शिवालय।
यह स्थान सिर्फ ईश्वर की भक्ति का केन्द्र नहीं,
बल्कि वर्षों से कई ऋषि-मुनियों द्वारा उस अलौकिक ऊर्जा की उपस्थिति के लिए जाना जाता है।
वही ऊर्जा, वही दिव्यता... जिसके बारे में आप खोज रहे थे।"

सुल्तान के होंठों पर एक रहस्यमयी मुस्कान फैल गई,

जैसे कोई प्राचीन भविष्यवाणी पूरी होने जा रही हो।

उसने अपने सिंहासन की कुर्सी पर पीछे टेक लगाई, और धीरे से बोला—
"रुद्रमाल... सिद्धपुर...
एक मंदिर नहीं, मेरा मुकद्दर छिपा है वहाँ।
अब मुझे कोई नहीं रोक सकता।
जो ख्वाब मैंने देखा था,
वो अब मेरी आँखों के सामने है।"

उसने अपना दाहिना हाथ ऊपर उठाया और गर्जना की—
"अब दिल्ली का सुलतान नहीं,
अब सिकंदर-ए-सानी बोलेगा!"

दरबार में बैठे सैकड़ों दरबारी एक साथ उठ खड़े हुए,
और उनके कंठों से गूंज उठा—
"सुलतान-ए-आज़म की जय हो!
सिकंदर-ए-सानी की जय हो!"

तबले की थाप, नगाड़ों की गूंज, और शहनाई की ध्वनि
सिरी क़िले की दीवारों से टकराकर
दिल्ली की फ़िज़ाओं में घुलने लगी।

पर कोई नहीं जानता था कि
उस जयघोष की प्रतिध्वनि
राजस्थान की पहाड़ियों से भी टकराने वाली है...

और जहाँ तक गूंज पहुँचेगी,
वहाँ कोई न कोई कथा जन्म लेगी —
एक महान युद्ध, एक दिव्य रक्षक,
और एक प्रेम, जो समय से परे है।

दिल्ली की मिट्टी में घोड़े अब सिर्फ दौड़ते नहीं,
बल्कि इतिहास की छाती पर अपने नालों की गूंज दर्ज कर रहे थे।

सुलतान अलाउद्दीन ख़िलजी ने जिस स्वप्न को वर्षों से संजोया था — उसका स्वरूप अब लोहे,
बारूद, और रक्त के रंग में आकार ले रहा था।

3

एक विशाल सेना — एक लाख सिपाहियों की।
इतिहास में अपूर्व, भव्य और भयावह।

सेना का स्वरूप और संरचना

1. अश्वारोही (घुड़सवार) — करीब 20,000
यह सेना की धुरी थी।अरबी और तुरानी नस्ल के घोड़े, जिनकी चाल बिजली सी तेज़ और
युद्ध में अडिग थी।
घुड़सवारों ने कमर तक लोहे के कोट, सिर पर खोपड़ी के आकार की टोपियाँ, और हाथों में
तुर्की कटारें तथा लंबे भाले थाम रखे थे।हर सैनिक की आँखों में सिर्फ एक लक्ष्य था — विजय
या मृत्यु।

2. पैदल सेना (पायदल) — करीब 50,000
जिनके कंधों पर विशाल ढालें, कमर में तलवारें, और हाथों में बरछे व तलवारे थीं।इनकी
ढालों पर दिल्ली का चिह्न खुदा हुआ था — दो तलवारें और एक चाँद।
इन सैनिकों को हर प्रकार के कठिन युद्ध क्षेत्र में लड़ने के लिए तैयार किया गया था — पहाड़,
मरुस्थल या किले।

3. धनुर्धारी और तीरंदाज़ — करीब 10,000
जिनके तरकशों में तीर नहीं, आग की लपटें थीं।
ये तीरंदाज़ घोड़े पर भी तीर छोड़ सकते थे और किले के गेट भी भेद सकते थे।कुछ विशेषज्ञ
मंगोल तकनीक से प्रशिक्षित थे, जो दोहरी गति से तीर चला सकते थे।

4. हाथी दल — करीब 1,500 युद्ध हाथी
विशाल, दुर्गनुमा हाथी, जिन पर लोहे की कवचबद्ध पोशाक थी। उनकी पीठ पर तोप जैसे
यंत्र, भालेधारी सैनिक, और भारी गदा लिए योद्धा सवार थे।
जब ये चलते, धरती काँपती और आकाश थर्राता।

5. रसद और आपूर्ति दल — कई हज़ार मजदूर और बैलगाड़ियाँ जो खाद्य सामग्री, जल, तंबू
शस्त्र, औषधियाँ आदि ढोने में लगे थे।

यह पूरा दल युद्ध के साथ-साथ चलता और सेनानायकों की ज़रूरतें पूर्ण करता।

सिरी क़िले के बाहर कई वर्ग किलोमीटर में फैला एक विशाल सैन्य शिविर बसाया गया था।
वहाँ दिन-रात घुड़सवारी, युद्धाभ्यास, किले पर चढ़ने के अभ्यास, और तोपों के परीक्षण हो
रहे थे।मलिक काफूर, इस सेना का प्रधान सेनापति नियुक्त हुआ, जो स्वामीभक्त, निर्दयी
और चतुर था।

हर सैनिक को यह बताया गया था कि वे एक दिव्य शक्ति की खोज में निकलने वाले हैं —
ऐसी वस्तु जो उन्हें अजेय बना सकती है।

"यह कोई सामान्य युद्ध नहीं, बल्कि मुग्ध भारत की आत्मा पर विजय है",
यह कहकर सुलतान हर दिन सेनापतियों को प्रेरित करता।

तोपें, मंगोल तीर, तलवारें, और गुप्त विष-बाणों से सेना को सज्जित किया गया।

सुलतान ने विशेष आदेश दिया था कि—

"जहाँ से भी गुज़रो, बस राख छोड़कर आओ... ताकि मेरी पदचाप को इतिहास जलती हुई राख में पढ़ सके।"

युद्ध ध्वज और विजय संकेत

सेना के प्रत्येक दल के पास था एक काले रंग का झंडा —
उस पर सुनहरे अक्षरों में लिखा था: "अल-क़हर लिल्लाह" — विजय सिर्फ अल्लाह की।"

युद्ध आरंभ से पहले एक विशेष ध्वनि बजाई जाती —
ढोल, नगाड़े, और सिपाहियों के गले से निकली युद्ध-प्रार्थना।

एक विशाल ऊँचे मंच पर खड़े सुलतान ने अपनी सेना को देखा—वह दृश्य मानो किसी महाकाव्य का आरंभ हो।

उसने धीरे से मलिक काफूर से कहा—
"इस सेना के लिए कोई रणभूमि बड़ी नहीं...
और अब वक़्त आ गया है उस शक्ति को पाने का,
जो मुझे इतिहास का सबसे बड़ा विजेता बना देगी।"

अलाउद्दीन खिलजी की सेना जब दिल्ली से रवाना हुई तो उसका मार्ग पूरी तरह से लहूलुहान इतिहास में बदल गया। यह यात्रा सिर्फ एक सैन्य अभियान नहीं थी, बल्कि एक विध्वंसकारी अभियान था, जिसकी छाया जहां भी पड़ी, वहां भय, शोक और तबाही ही बची।

जैसे ही सेना मथुरा पहुंची, वहां के स्थानीय मंदिरों को निशाना बनाया गया। कई प्राचीन मंदिरों की मूर्तियां तोड़ी गईं, सोना-चांदी लूटा गया और लोगों को जबरन मुसलमान बनाया गया। मथुरा की कई स्त्रियों को अपमानित किया गया, बलपूर्वक हरम में भेज दिया गया।

सेना ने रास्ते में पड़ने वाले छोटे-छोटे राज्यों जैसे धौलपुर, शिवपुरी, मांडू आदि को बुरी तरह रौंद डाला। राजा-महाराजाओं की सेनाएं अल्पसंख्यक और कमजोर थीं, जो खिलजी की विशाल सेना के सामने टिक नहीं सकीं।
मालवा के ग्रामीण इलाकों में मंदिरों को जलाया गया, जनसामान्य को कत्ल किया गया, और बच्चों तक को नहीं बख्शा गया।
इस दौरान सेना ने कई गाँवों को आग लगा दी। ग्रामीणों को कतार में खड़ा कर सिर काटे गए। स्थानीय महिलाएं आत्महत्या को विवश हो गईं — जो बचीं, उन्हें गुलाम बना लिया गया या सैनिकों के मनोरंजन के लिए उपयोग किया गया।
सिद्धपुर पहुंचने से पहले कई स्थानों पर मंदिरों को विशेष रूप से निशाना बनाया गया। विशेष रूप से सोलंकी काल के मंदिर, जिनमें बारीक नक्काशी और कीमती पत्थर लगे थे, उन्हें तोड़ा गया और कीमती वस्तुएं दिल्ली भिजवाई गईं। कई पुरोहितों और साधुओं को जीवित जला दिया गया।

खिलजी की सेना न सिर्फ युद्ध करती थी, बल्कि पूरी व्यवस्था को उखाड़ फेंकने का काम करती थी।

लूट, हत्या, बलात्कार, मंदिर-ध्वंस और जबरन धर्मांतरण — यही उनकी नीति थी।

उन्हें केवल राजनीतिक विजय नहीं चाहिए थी, बल्कि सांस्कृतिक और धार्मिक पहचान को भी कुचलना उनका लक्ष्य था।

हजारों परिवारों को अपने घर छोड़कर भागना पड़ा।

कई शहर वीरान हो गए।

महिलाओं ने जौहर जैसा साहसिक कदम उठाया, जबकि कई राजाओं ने आत्मसमर्पण किया या युद्ध में वीरगति पाई।

जब यह सेना सिद्धपुर पहुंची, तो वह एक "सेना" नहीं, बल्कि विनाश की आंधी बन चुकी थी। उसके पीछे सिर्फ धूल, राख, लाशें और विलाप शेष थे।

4

सिद्धपुर का रुद्रमाल शिवालय, प्राचीन और भव्य वास्तुकला का एक अद्भुत उदाहरण था— सैकड़ों वर्षों से श्रद्धा का केंद्र और शिवभक्तों का तीर्थस्थान। जैसे ही अलाउद्दीन खिलजी की सेना वहाँ पहुँची, उसने उस मंदिर को घेर लिया। खिलजी अपने अश्वारोही दल के साथ सबसे आगे था, उसकी आँखों में एक अजीब सी चमक थी—जैसे कोई शिकारी अपने शिकार को देख रहा हो। सामने रुद्रमाल मंदिर अपनी सौम्यता में डूबा, सैकड़ों दीपों से प्रकाशित था, और वहाँ भोर की आरती की तैयारी चल रही थी।

खिलजी ने घोड़े से उतरते ही आदेश दिया—"इस मंदिर की हर ईंट, हर कोना टटोला जाए। जो वस्तु मैं खोज रहा हूँ, वह यहीं कहीं है।"

सेना ने मंदिर पर धावा बोल दिया। कुछ सिपाही गर्भगृह में घुसे, तो कुछ पीछे के कक्षों, तहखानों और शिलालेखों की दरारों तक को टटोलने लगे। मंदिर के पुजारियों ने विरोध किया—"ये भगवान शिव का पवित्र स्थान है, अपवित्र मत करो!" लेकिन क्रूर सिपाहियों के लिए यह कुछ मायने नहीं रखता था। मूर्तियों को हथौड़ों से तोड़ा जाने लगा, दीवारों को खोद कर देखा गया, फर्श उखाड़े गए।

तीन दिनों तक पूरी मंदिर-परिसर को उथल-पुथल कर दिया गया। लेकिन कोई दिव्य वस्तु हाथ नहीं आई। खिलजी के भीतर एक ज्वाला भड़क उठी—क्रोध और अधीरता की। उसने मंदिर के मुख्य पुजारी को खींचकर अपने सामने लाने का हुक्म दिया। वृद्ध पुजारी, जिनकी दाढ़ी शिव की भांति श्वेत थी, आँखों में भय नहीं बल्कि दृढ़ता थी।

"बोलो! कहाँ है वह वस्तु जो तुम्हारे इस शिवालय की रक्षा करती है?" खिलजी गरजा।

"मालिक, हमें ऐसी किसी वस्तु का कोई ज्ञान नहीं। हमारा आराध्य केवल शिव है, और हमारी शक्ति केवल भक्ति," पुजारी ने शांत स्वर में उत्तर दिया।

खिलजी ने हुक्म दिया—"इन सबको कारागार में डालो, और जब तक जुबान न खुले, तब

59

तक इनका खून बहाते रहो।"

पुजारियों और स्थानीय लोगों को लोहे की जंजीरों में बांध कर पीटा गया, उनके शरीर लहूलुहान कर दिए गए, फिर भी किसी ने कुछ नहीं बताया—क्योंकि सच में कोई जानता ही नहीं था कि खिलजी क्या ढूंढ रहा है।

कुछ लोगों ने कहा, "शायद आप जिसे खोज रहे हैं, वह यहाँ है ही नहीं।" लेकिन खिलजी मानने को तैयार न था। उसे अपनी खोज पर इतना विश्वास था कि वह इनकार को झूठ और चाल समझता रहा।

मंदिर की पवित्रता लहूलुहान हो चुकी थी। आकाश में धुएं के गुबार और गूंजती चीखों के बीच खिलजी अब और व्याकुल होता जा रहा था—वह जानता था कि उसकी खोज अधूरी है... लेकिन उसे नहीं पता था कि वह वस्तु कहीं और छिपी है... बहुत दूर... सिरोही की सरणवा पहाड़ी के गर्भ में।

सूरज डूब चुका था। सिद्धपुर की पवित्र भूमि पर अंधकार का साम्राज्य उतर आया था, पर यह अंधकार केवल रात्रि का नहीं था—यह धर्म, श्रद्धा और इंसानियत की रूह पर छाए आतंक का अंधकार था।

अलाउद्दीन खिलजी, अपने तमाम क्रोध और कुंठा में बेकाबू हो चुका था। उसकी आँखों में वहशीपन था और स्वर में ऐसी आग, जो हर आस्था को भस्म कर देने को तैयार थी। उसने सिंहासन से उठते हुए, दरबार के बीचोंबीच गरजते हुए कहा—
"मालिक काफूर! इस शिवालय की पवित्रता मेरी तलवार को चुनौती देती है। जाओ... शिवलिंग को खंडित करो... उसे गाय के चमड़े में लपेट दो... और बता दो इस धरती को कि सुलतान की मर्ज़ी से बड़ा कोई ईश्वर नहीं।"

मालिक काफूर ने सर झुकाया और रक्त के रंग से सना लशकर शिवालय की ओर बढ़ा। गर्भगृह तक पहुँचते-पहुँचते मंदिर की घंटियाँ अपने अंतिम स्वर में काँप रही थीं, जैसे स्वयं शिव भी यह अपमान महसूस कर रहे हों। पुजारियों की रूह काँप उठी, भक्तजन जो बच गए थे वे मंदिर के बाहर हाथ जोड़कर रो रहे थे, स्त्रियाँ अपनी सूनी आँखों से गर्भगृह की ओर देख रही थीं, जहाँ अब अधर्म का तूफ़ान उतर रहा था।

"मत करो...! वह शिव हैं... संहार और सृजन के देव... ये अधर्म है..."
एक वृद्ध स्त्री बिलखती हुई आगे बढ़ी, लेकिन तलवार की एक ही चोट में वह धराशायी हो गई।

शिवलिंग को ज़बरदस्ती बाहर निकाल लिया गया। उसका अभिषेक करने वाली वही पवित्र भूमि अब रक्त से सन गई थी। कुछ सैनिकों ने गाय की खाल को जबरन मंगवाया, और जैसे ही शिवलिंग को उसमें लपेटा गया, आकाश गूंज उठा—न केवल गर्जन से, बल्कि...
...लोगों की चीखों से।

"हे भोलेनाथ... ये क्या हो रहा है..."
"हे त्रिपुरारी... रक्षा करो..."
"क्या अब धर्म भी हार गया...?"

बच्चों के रोने की आवाज़ें, स्त्रियों का क्रंदन, बूढ़ों की कांपती दुआएँ, और युवकों की टूटी हुई हिम्मत... हर एक करुण स्वर एक प्राचीन सभ्यता के असहाय विलाप की तरह गूंज रहा था।

कुछ माताएं अपने बच्चों को सीने से चिपटाए एक कोने में दुबकी हुई थीं, आँखों में आँसू नहीं, अब बस सूनी शून्यता थी। कुछ पिता, हाथ जोड़े अपनी बेटियों को उस नरपिशाच सेना की दृष्टि से बचाने की प्रार्थना कर रहे थे। लेकिन किससे? शिव की मूर्ति स्वयं अपवित्र की जा रही थी। आकाश मौन था। धरती सिसक रही थी।

मंदिर की छत पर एक अंतिम शंखध्वनि हुई—कमज़ोर और काँपती हुई—जैसे धर्म अपना अंतिम प्रणाम कर रहा हो।

अलाउद्दीन खिलजी दूर से यह दृश्य देख रहा था, उसके होंठों पर एक क्रूर मुस्कान थी। उसे लग रहा था कि उसने एक और ईश्वर को पराजित कर दिया है। लेकिन उसे यह ज्ञात नहीं था कि शिव को मिटाया नहीं जा सकता... उन्हें केवल परखा जा सकता है।

उस रात सिद्धपुर की हवाओं में राख, रक्त और आंसुओं की गंध थी। और कहीं दूर... कहीं बहुत दूर... सिरोही की सरणवा पहाड़ी पर वो मणि, वो शक्ति... निस्पंद और मौन... फिर भी जागृत थी।

5

सिरोही का दरबार उस दिन कुछ विशेष था। महाराव विजयराज सिंह गद्दी पर बैठे थे, चारों ओर दरबारियों की चहल-पहल थी, लेकिन वातावरण में एक अनकहा बोझ लटका हुआ था। तभी महल के मुख्य द्वार से एक गुप्तचर, पांवों की धूल उड़ाता, पसीने से तरबतर दरबार में घुसा। वह सांसें फुलाए, थरथराते स्वर में बोला—

"महाराज... सिद्धपुर से एक भीषण समाचार लेकर आया हूँ..."

सारा दरबार स्तब्ध हो गया। विजयराज ने इशारा किया—"बोलो, क्या समाचार है?"

गुप्तचर ने धूल से भरी पगड़ी उतारी, भूमि को स्पर्श कर अपने अश्रुपूरित नेत्र उठाए और कांपती आवाज़ में कहना शुरू किया—

"महाराज, सिद्धपुर... रुद्रमाल शिवालय... अब नहीं रहा...।"

दरबार में सन्नाटा छा गया।

61

"क्या कहा?"—विजयराज सिंह का स्वर एक पत्थर की तरह गिरा।

"महाराज... अलाउद्दीन खिलजी अपनी विशाल सेना के साथ सिद्धपुर पहुँचा... उसने पूरे शिवालय को खंडित कर दिया। पुजारियों को बंदी बनाया गया, लोगों को जीवित जला दिया गया। सबसे बड़ा पाप... शिवलिंग को गाय के चमड़े में लपेट कर अपवित्र कर दिया गया।"

गुप्तचर की आवाज़ रुक गई, वह घुटनों के बल बैठ गया। उसकी आँखों से बहते आँसू अब ज़मीन पर टपकने लगे थे।

"स्त्रियाँ अपने बच्चों को गोद में लेकर मार डाली गईं महाराज... बूढ़ों की गर्दनें उड़ गईं... सारा सिद्धपुर रो रहा था... और वह शैतान... अपने आप को सिकंदर ऐ सानी कहता हुआ हँस रहा था। अब वह राजपुताने के रास्ते होते हुए दिल्ली लौट रहा है। वह हमें अपमानित करना चाहता है महाराज।"

विजयराज सिंह के नेत्र रक्तिम हो उठे। एक क्षण को उन्होंने दोनों हाथों की मुट्ठी भींच ली। उनका चेहरा तमतमा गया, और उनकी ठोड़ी का कंपन उनकी आत्मा के भीतर उठते रोष को प्रकट कर रहा था।

"धर्म पर यह आघात अब असहनीय है,"—उन्होंने कहा, "अब सिरोही को, पूरे राजपुताने को निर्णय लेना होगा। या तो आत्मा बचेगी... या तन।"

दरबार के कोने में राइका रणछोड़दास के प्रतिनिधि भी उपस्थित थे। खबर जैसे ही उन तक पहुँची, उन्होंने उसी क्षण सिरोही के प्रति अपनी निष्ठा दोहराई। वहाँ उपस्थित हर व्यक्ति की आँखों में आग थी। यह अपमान केवल सिद्धपुर का नहीं था—यह समूची सनातन आत्मा को ललकारने वाला आघात था।

सरोवरों की भूमि, पर्वतों की गोद और पुरखों की अस्थियों से बसी धरती अब फिर से जाग उठी थी।

युद्ध का बीज रोपित हो चुका था।

अध्याय 7 : बिगुल

1

सिरोही दरबार में गूंजती थी वेदना, अपमान और धर्म के आहत स्वर। रुद्रमाल की विभीषिका के समाचार के बाद महाराव विजयराज सिंह ने तुरंत एक आपातकालीन सभा बुलाई। दरबार में उस दिन कोई औपचारिकता नहीं थी—हर चेहरा गंभीर, हर आंख आक्रोश से भरी हुई।

"खिलजी अब सिरोही की ओर बढ़ रहा है," विजयराज सिंह का स्वर गूंजा। "और उसके साथ है गाय के चमड़े में लिपटा वह अपवित्र शिवलिंग—यह केवल एक मूर्ति नहीं, हमारी आत्मा का अपमान है।"

माहौल में सन्नाटा पसरा ही था कि तभी धीरे से उठे रणछोड़ दास राइका—गंभीर, संयमित, लेकिन भीतर लावा सुलगता हुआ।

"महाराज," रणछोड़ जी ने गंभीर स्वर में कहा, "हमारा धर्म हमें आवेश नहीं, विवेक सिखाता है। खिलजी के पास एक लाख की सेना है—धनुष, तलवार, हाथी, घोड़े, युद्ध कौशल, सबकुछ। और हमारे पास सिरोही की दस हजार सेना। यदि हम राइका समाज के पाँच हज़ार योद्धा भी दें, तब भी हम पंद्रह हजार ही होंगे।"

"तो क्या करें रणछोड़जी?"—महाराव ने पूछा।

रणछोड़ जी ने आगे झुककर कहा—"हमें अपने पुराने संबंधों को स्मरण करना होगा। अपने उन भाइयों को पुकारना होगा जिनसे रक्त और धर्म दोनों का संबंध है।"

महाराव ने तुरंत निर्णय लिया—"हम राइका समाज के दो विश्वसनीय योद्धाओं को दूत बनाकर भेजेंगे। एक जाएगा जालोर, मेरे भतीजे कान्हड़ देव के पास। दूसरा जाएगा मेवाड़, मेरे समधी राणा रतन सिंह के पास।"

राइका ऊंट पर सवार होकर निकल पड़े—धूल उड़ाते, संदेश थामे, एक पक्षी की तरह तेज। उत्तर मिले—

जालोर से उत्तर आया— "कान्हड़ देव सहायता में पांच हजार सैनिक भेजते हैं। और साथ में आ रहा है उनका भतीजा वीरम—कुशल योद्धा, तेजस्वी, और बलिदान के लिए सदैव तत्पर।"

मेवाड़ से उत्तर आया— "राणा रतन सिंह भी पांच हजार घुड़सवार भेजते हैं। साथ में उनका संदेश—'यह युद्ध केवल सिरोही का नहीं, सम्पूर्ण हिंदुस्तान की आत्मा का है।'"

अब सिरोही के पास पच्चीस हजार वीर सैनिक हो चुके थे—अभी भी संख्या में कम, पर संकल्प में अडिग।

रणछोड़ जी ने आकाश की ओर देखा और बोला—
"यह युद्ध अब धर्म और अधर्म के बीच का होगा। हमारी तलवारों पर कुल्हाड़ियाँ भारी हो सकती हैं, पर हमारी आत्मा को कोई पराजित नहीं कर सकता।"

2

1295 ईस्वी की वर्षा ऋतु धीरे-धीरे समापन की ओर थी, लेकिन हवा में नमी के साथ अब युद्ध की गंध घुल चुकी थी। सिद्धपुर में रुद्रमाल शिवालय को अपवित्र कर खिलजी ने राजपुताने की ओर रुख किया था। उसका लक्ष्य अब केवल विजय नहीं, अपमान करना था—हिंदू धर्म, संस्कृति और आत्मगौरव को चूर-चूर कर देना।

लेकिन सिरोही तैयार था—रणछोड़ दास राइका और महाराव विजयराज जैसे बुद्धिमान और वीर नायकों के नेतृत्व में।

जब राइकों के जासूसों ने सिद्धपुर में खिलजी की गतिविधियों पर पैनी नजर रखते हुए यह जानकारी दी कि उसकी एक लाख की विशाल सेना जल्द ही सिरोही की ओर कूच करेगी, तब महाराव और रणछोड़ जी ने दरबार में एक गुप्त मंत्रणा रखी। दरबार का वातावरण गंभीर था, युद्ध की आहटें अब स्पष्ट सुनाई देने लगी थीं।

रणछोड़ जी ने नक्शा सामने फैलाते हुए कहा:
"यदि हम इस विशाल सेना का सीधे सामना करेंगे, तो हम अपने लोगों का सर्वनाश देखेंगे। पर यदि हम इस सेना को बाँट दें, तो उनका बल आधा हो जाएगा और हमारी संभावना दुगुनी।"

रणछोड़ जी की दृष्टि सिद्धपुर और सिरोही के बीच प्रवाहित होने वाली एक प्रमुख नदी पर पड़ी, जिसके किनारे एक पुराना बाँध बना हुआ था। उस क्षेत्र में गरासिया जनजाति रहती थी, जो साहसी और भूमि से गहरा लगाव रखने वाले लोग थे। रणछोड़ जी स्वयं वहाँ पहुंचे और गरासिया मुखिया से मिले।

"तुम्हारा यह बाँध केवल पानी नहीं रोकता, हमारी आज़ादी का प्रहरी भी बन सकता है। यदि हम इसे सही समय पर तोड़ दें, तो नदी अपना रास्ता बदल देगी और खिलजी की सेना दो भागों में बंट जाएगी।"

गरासिया सहर्ष तैयार हुए। राइका योद्धाओं और गरासिया समुदाय ने गुप्त रूप से उस बाँध को कमज़ोर करना शुरू किया और जैसे ही खिलजी की सेना उस क्षेत्र से गुजरने ही वाली थी, रात के अंधेरे में बाँध तोड़ दिया गया।

बाँध के टूटते ही उफनती नदी ने मैदान को दलदल में बदल दिया। कीचड़ और बाढ़ के कारण खिलजी की सेना आगे नहीं बढ़ सकी। सेना में अफरा-तफरी मच गई।

अब खिलजी और उसके सेनापति मालिक काफूर को विवश होकर अपनी विशाल सेना को दो भागों में विभाजित करना पड़ा:

64

1. पहला दल – घुड़सवार, हाथी, तोपें और बड़ी सैन्य टुकड़ियां—इनके साथ मालिक काफूर खुद नहीं गया बल्कि उसे अपने सबसे विश्वस्त सेनापति के अधीन कर दिया और यह दल आबू पर्वत के दुर्गम दर्रे से सिरोही में प्रवेश करने की योजना पर चल पड़ा। यहाँ का रास्ता संकरा, घना और मुश्किल था।

2. दूसरा दल – स्वयं अलाउद्दीन खिलजी के नेतृत्व में, कुछ चुनींदा घुड़सवारों और हल्की सेना के साथ मंडार के पुराने व्यापारिक मार्ग से सिरोही की ओर बढ़ने लगा। यह मार्ग अपेक्षाकृत सीधा था, पर रणभूमि के लिए खुला।

रणछोड़ दास जी ने सिरोही के किले की प्राचीर से दूर-दूर तक फैले जलजमाव और दो भागों में बंटी खिलजी की सेना को निहारा। उन्होंने गहरी सांस ली और कहा:

"अब हम न केवल लड़ सकते हैं, बल्कि जीत सकते हैं। अब युद्ध हमारी धरती पर है, पर नियंत्रण हमारे हाथ में है।"

रणनीति के इस अद्वितीय मोड़ ने सिरोही के युद्ध को मात्र एक संघर्ष नहीं, बल्कि एक चतुराई भरा महायुद्ध बना दिया।

अरावली की गोद में बसा सिरोही उस समय इतिहास की सबसे विकट परीक्षा से गुजरने वाला था। अलाउद्दीन खिलजी का विकराल चेहरा, रौंदी हुई भूमि और अपवित्र किए गए शिवलिंग का अपमान सिरोही की आत्मा को ललकार रहा था। अब युद्ध सिर्फ अस्तित्व का नहीं, बल्कि आत्मगौरव और धर्म की रक्षा का था।

सिद्धपुर से विभाजित हो चुकी खिलजी की सेना अब दो दिशाओं से सिरोही में प्रवेश करने को अग्रसर थी।
रणछोड़ जी ने सिर झुकाए विचार करते हुए कहा:

"अब लड़ाई मैदान में नहीं, चतुराई और आत्मबल से लड़ी जाएगी।"

आबू दर्रा—वह संकरा, पथरीला, और घने वृक्षों से आच्छादित मार्ग—एक ऐसी जगह थी जहाँ सेना की विशालता व्यर्थ हो जाती है। यहाँ केवल संकल्प, संगठन और गुप्त वार काम आता है। इसलिए, महाराव विजयराज और रणछोड़ जी ने वहाँ की सुरक्षा के लिए दो ऐसे योद्धाओं का चयन किया, जिनपर उन्हें अटूट विश्वास था—हम्मीर और देवा।

करीब तीन हजार राईका योद्धा, जो कि युद्ध-कुशल, पर्वतीय युद्ध के अभ्यस्त, और अपने घोड़ों के साथ मानो हवा में उड़ते थे—हम्मीर और देवा के नेतृत्व में आबू दर्रे की ओर भेजे गए। रणछोड़ जी ने हम्मीर के कंधे पर हाथ रखते हुए कहा:

"बेटा, तू राईकों की आन है। इस दर्रे को अपनी छाती बना लेना, ताकि खिलजी की घुड़सेना उस पार साँस भी न ले सके।"

हम्मीर ने गहरी दृष्टि से सिर नवाया, और साथ चलती देवा की आँखों में आग जल रही थी—

यह युद्ध अब उसकी धरती के लिए नहीं, उसके धर्म, बहन तीजो, और प्रेम जतनो के मान के लिए था।

हम्मीर और देवा ने आबू दर्रे के हर पेड़-पत्थर को अपना मित्र बनाया। उन्होंने वहाँ के चरवाहों और वनवासियों से संपर्क कर पगडंडियों, गुफाओं और गुप्त मार्गों का पूरा उपयोग सुनिश्चित किया। घात, पलटवार, और छिपकर प्रहार की योजना बनाई गई। घुड़सेना और हाथी सेना उस संकरे मार्ग में व्यर्थ थी।

वहीं दूसरी ओर, महाराव विजयराज और रणछोड़ जी ने शेष 22 हजार योद्धाओं को साथ लेकर मंडार के मैदान की ओर बढ़ने की योजना बनाई। यहां उन्हें खिलजी की करीब एक लाख सैनिकों की विशाल सेना का सामना करना था।

रणछोड़ जी ने कहा:

"हम संख्याओं से नहीं, संकल्प से लड़ेंगे। हमारे पास मेवाड़, जालोर, और राईकों की एकता है। हमारी तलवारें पवित्र हैं, और हमारा हृदय धर्म के लिए समर्पित।"

सिरोही की भूमि पर युद्ध के बादल घिर चुके थे। दोनों मोर्चों पर रणनायक तैयार थे—एक ओर हम्मीर और देवा की जोड़ी ने आबू दर्रे को अपनी शौर्यगाथा का रंगमंच बनाया, और दूसरी ओर रणछोड़ जी और महाराव विजयराज ने मंडार के मैदान को अपने लहू से सींचने की तैयारी कर ली।

(इतिहास की छाया में गूँजता एक ऐसा युद्ध जो संख्याओं से नहीं, पराक्रम और प्रकृति की शक्ति से जीता गया)

3

अरावली की पर्वतमालाओं के बीच स्थित आबू दर्रा, उस दिन मानो एक प्राचीन युद्धगाथा को जी रहा था। सर्पिल और घने जंगलों से घिरे इस दुर्गम दर्रे में खिलजी की करीब 20 हजार घुड़सेना व हाथी सेना प्रवेश कर रही थी। उनके आत्मविश्वास में कोई कमी नहीं थी—आख़िर उनके पीछे दिल्ली सल्तनत की ताक़त थी। पर वे नहीं जानते थे कि इस दर्रे में उनका सामना तलवारों से नहीं, बल्कि प्रकृति, ध्वनि और चतुराई के संगठित युद्ध कौशल से होगा।

हम्मीर और देवा, अपने तीन हजार राईका योद्धाओं के साथ पहले ही दर्रे के महत्वपूर्ण मोड़ों, चट्टानों और संकरे रास्तों पर छिप चुके थे। उनके पास न विशाल सेना थी, न युद्ध के विशाल संसाधन—परंतु उनके पास था अनुभव, सूझ-बूझ और प्रकृति से समन्वय।

इन दोनों ने बाल्यकाल से ही वातावरण की ध्वनियों, पशु-पक्षियों की प्रवृत्तियों और प्राकृतिक संकेतों को समझना सीखा था। यही उनका सबसे बड़ा हथियार बना।

जब खिलजी की सेना संकरे दर्रे में आगे बढ़ रही थी, तभी हम्मीर और देवा ने एक विशेष ध्वनि उत्पन्न की। यह आवाज ऐसी थी कि घने जंगलों के जानवरों में बेचैनी फैल गई। मोरों की चीत्कार, बंदरों की चिल्लाहट, पक्षियों की घबराई हुई उड़ान और तेंदुओं की गुर्राहट से

दर्रा गूंज उठा।

कुछ ही क्षणों में—भालू, तेंदुए, जंगली सुअर और बेकाबू हाथियों में भगदड़ मच गई। चट्टानों से टकरा कर उनकी आवाजें कई गुना विकराल हो गईं। इस भय से जंगल के ऊपरी हिस्सों की कुछ ढीली चट्टानें खिसकने लगीं, और देखते ही देखते बड़े-बड़े पत्थर सेना के ऊपर गिरने लगे।

इस हड़कंप के बीच, राईका योद्धाओं ने गोपण (गुलेल) से तेज़ धारदार पत्थरों की वर्षा शुरू कर दी।
इन पत्थरों को उन्होंने पहले से तीखा किया था और कुछ में मशाल की आग से तपाकर धार दी थी। यह हमला इतना अप्रत्याशित और तेज़ था कि खिलजी की सेना को अपने हथियार भी उठाने का समय नहीं मिला। घोड़ों में अफरा-तफरी, हाथियों में भगदड़ और सैनिकों में चीख-पुकार मच गई।

अब हम्मीर और देवा ने अपनी दूसरी योजना पर काम किया—दूसरी विशेष ध्वनि। इस आवाज़ से दर्रे के भीतरी भागों में छिपे जंगली भालू, सियार, तेंदुए और कुछ घायल हाथी एक ही दिशा में दौड़ पड़े—और वह दिशा थी खिलजी की सेना।

अब लड़ाई सेना बनाम सेना की नहीं थी, बल्कि सेना बनाम पहाड़ और जंगल की हो चुकी थी।

हाथियों ने सेना की पंक्तियाँ तोड़ दी, घोड़े भयभीत हो पहाड़ियों से टकरा कर गिरने लगे, और सैनिक अपने ही हथियारों से घायल होने लगे। चारों तरफ सिर्फ धूल, ध्वनि और मृत्यु का तांडव था।

आखिरकार, खिलजी की सेना इस प्राकृतिक और रणनीतिक युद्ध के सामने पूरी तरह से टूट चुकी थी। जो थोड़े बहुत सैनिक बचे, वे दर्रे से बाहर निकलने के लिए व्याकुल हो उठे। लेकिन बाहर निकलते ही उन्हें एक नई समस्या ने घेर लिया—

नदी का बहाव और दलदली भूमि, जिसे पहले ही गरासिया समुदाय की मदद से योजना अनुसार तोड़कर जलमार्ग बहाया गया था।

अब सेना वापस मंडार की ओर नहीं जा सकती थी। थकी, टूटी और भयभीत सेना ने मालवा की ओर भागने का कठिन निर्णय लिया और वह भी अलग-अलग दिशाओं में बिखरती हुई।

4

इस अप्रत्याशित विजय का समाचार जैसे ही महाराव विजयराज और रणछोड़ जी तक पहुँचा, उनके चेहरे पर गंभीरता के स्थान पर एक तेजस्वी उत्साह फैल गया। यह विजय केवल एक दर्रे की नहीं थी—यह आत्मबल, संगठित योजना, और आत्मविश्वास की जीत थी।

अब उन्हें विश्वास था कि—
"अगर दर्रे में राईका योद्धा एक विशाल सेना को पछाड़ सकते हैं, तो मैदान में भी हम शिव

67

की शरण लेकर खिलजी के अभिमान को चूर-चूर कर सकते हैं।"

हम्मीर और देवा अब अपने योद्धाओं के साथ सिरोही लौटने लगे—थके हुए नहीं, अपितु विजयी नायक की तरह। उनके चेहरे पर युद्ध का तेज था, पर मन में अगली चुनौती के लिए स्थिर संकल्प।

आबू दर्रे में खिलजी की घुड़सेना और हथीसेना की करारी हार के बाद अब युद्ध की लपटें समतल मैदान में फैल चुकी थीं। सिरोही की सेना ने मंडार के मैदान को युद्धस्थली के रूप में चुना—एक खुला समतल क्षेत्र जहाँ अब रणनीति, हौसले और संगठन की परीक्षा होनी थी। आबू से विजयी लौटे हम्मीर और देवा जैसे ज्वालामुखी बन चुके थे, पर अब युद्ध शैली बदल चुकी थी।

दिल्ली के सुल्तान अलाउद्दीन खिलजी की अगुवाई में करीब 70 हजार पैदल सैनिकों की फौज मंडार पहुँच चुकी थी। आबू दर्रे की हार ने उसे भीतर तक झकझोर दिया था। अब वह हर हाल में बदला चाहता था, और उसका सबसे बड़ा लक्ष्य था — हम्मीर और देवा का सिर कटवा कर दिल्ली ले जाना।

खिलजी के पास अब कोई भारी घुड़सेना नहीं बची थी, अधिकतर सैनिक थके हुए थे और कई नए सिरे से लामबंद किए गए थे। पर संख्यात्मक बल अब भी उसके पक्ष में था।

सिरोही के महाराव विजयराज, रणछोड़ जी, और वीरम देव जैसे योद्धाओं की अगुवाई में तैयार हो चुकी थी 25,000 की गठित सेना, जिसमें सिरोही, जालोर, मेवाड़ और राइका योद्धा सम्मिलित थे।

लेकिन असली रणनीति बनाई थी—वीरम सोनीगरा ने, जो जालोर से विशेष रूप से भेजा गया था और मैदानी युद्ध रणनीति में सिद्धहस्त था।

वीरम ने सेना को तीन भागों में बाँटा:

1. प्रथम पंक्ति – ऊँट दल
करीब १००० ऊँट, जिनके पैरों में लोहे के कवच बांधे गए थे ताकि तलवारों, भालों और काँटों से उनकी गति और जीवटता प्रभावित न हो।

इन ऊँटों पर सवार थे राईका योद्धा, जो धनुष, भाले और तलवारों से सुसज्जित थे।

ऊँटों की गति और ऊँचाई का प्रयोग कर दुश्मन की पहली पंक्ति को भेदने और भ्रमित करने का लक्ष्य था।

2. द्वितीय पंक्ति – लाठीधारी राईका सेना
३,००० राईका योद्धा, जिनके पास परंपरागत गांठदार लाठियाँ थीं।

ये लाठियाँ युद्ध में तेज़, लचकदार और घातक मानी जाती थीं—एक सटीक वार से ही दुश्मन

की हड्डियाँ चटक जाएँ।

ये योद्धा ऊँटों द्वारा छिन्न-बिन्न की गई सेना में घुसकर निकट युद्ध (close combat) के लिए तैनात किए गए थे।

3. मुख्य सेना – सम्मिलित बल
बाकी २१,००० सैनिक, जिसमें सिरोही, जालोर, मेवाड़ और अन्य राईका योद्धा शामिल थे।

इनके पास तलवारें, भाले, धनुष-बाण और ढालें थीं।

ये अंतिम निर्णायक आक्रमण के लिए कमर कस चुके थे।

जब मंडार के मैदान में दो विपरीत सेनाएँ आमने-सामने थीं, तब पूरा वातावरण तीव्र युद्ध-संगीत में डूब चुका था। ढोल-नगाड़े बज रहे थे, रणचंडी के मंत्र गूंज रहे थे, और हर योद्धा की आँखों में या तो मृत्यु या विजय का संकल्प था।

हम्मीर और देवा अपने दल के साथ पंक्तिबद्ध खड़े थे। उनकी आँखें खिलजी की ओर जमी थीं, मानो वे अपने शत्रु को ललकार रहे हों। रणछोड़ जी के चेहरे पर गंभीरता थी, और महाराव विजयराज मंत्रणा कर रहे थे कि कब कौनसा संकेत देना है।

उधर, खिलजी सेना के सामने जालोर का वीरम, राईकों के ऊँट, और जंगलों से लौटी ज्वाला के रूप में खड़े थे—जिन्हें देखकर दिल्ली की सेना में असहजता फैलने लगी।

अब मैदान पर युद्ध के पहले शब्द बोले जाने थे। एक ओर संख्या का दंभ था, दूसरी ओर भूमि, परंपरा और धर्म का स्वाभिमान।

पौ फटी, और मंडार के मैदान में पहली किरण के साथ ही रणभेरी गूंजी—यह संकेत था एक ऐसे महासमर का, जिसे सदियों तक स्मरण किया जाएगा। एक ओर था अलाउद्दीन खिलजी का घमंड, दिल्ली की सुल्तानत का गर्व और संख्या बल का दंभ, और दूसरी ओर थे सिरोही के वीर राईका, राजपूत योद्धा और नेतृत्व के मस्तक महाराव विजयराज, रणछोड़ जी, वीरम सोनीगरा, देवा और हम्मीर।

वीरम की योजना के अनुसार, जैसे ही सूर्य की पहली किरणें धरती पर पड़ीं, राईकों के 1000 ऊँटों की सेना ने तीव्र गति से धावा बोला। ऊँटों के पैरों में बँधे लोहे के कवच धूल उड़ाते हुए, खिलजी की सेना की पहली पंक्ति को रौंदते हुए ऐसे दौड़े जैसे रेगिस्तान में तूफान।

इन ऊँटों का उद्देश्य सीधा नहीं था—वे सीधी लड़ाई में नहीं, बल्कि शत्रु की कतारें तोड़ने और भ्रम फैलाने के लिए भेजे गए थे। ऊँटों की यह रणनीति सफल रही—खिलजी की सेना की पहली पंक्ति बिखर गई, पैदल सैनिकों के बीच अफरा-तफरी मच गई।

जैसे ही ऊँट अपनी भूमिका निभाकर पीछे हटे, 3000 राईका लाठीधारी योद्धा तेजी से मैदान में कूद पड़े।

उनकी परंपरागत लाठियाँ, जिन पर लोहे की मोटी मूठें लगी थीं, ऐसी गति से वार कर रही थीं कि खिलजी की तलवारें भी उन्हें रोक नहीं पा रहीं।

राईका योद्धाओं की चाल ऐसी थी कि शत्रु को वार करने का अवसर ही नहीं मिल रहा था—एक लाठी आती, और उसके साथ ही किसी सैनिक की हड्डियाँ टूट जातीं, ढालें चटक जातीं, या चेतना लुप्त हो जाती।

अब जब खिलजी की सेना पूरी तरह बिखर चुकी थी, मुख्य राजपूत सेना ने निर्णायक प्रहार किया।
सिरोही, जालोर, मेवाड़ की सेना—सभी ने संगठित होकर चारों दिशाओं से हमला बोल दिया।

सरणवा की लोहे से बनी तलवारें, जिनमें विशेष चुम्बकीय बल और असाधारण धार थी, अब खिलजी की सेना पर गाज की तरह गिरने लगीं। ये तलवारें न केवल मजबूत थीं, बल्कि इतनी संतुलित थीं कि एक ही वार में सिर या भुजाएं काटी जा सकती थीं। खिलजी की सेना में ऐसी धातु का कोई जवाब नहीं था।

देवा का सामना हुआ दिल्ली के मालिक काफुर से—काफुर की तलवारें गरज रहीं थीं, पर देवा की लाठी हर वार का प्रत्युत्तर बन रही थी। आखिरकार, देवा ने एक ऐसा घातक प्रहार किया कि काफुर का दायां कंधा चटक गया और वह घोड़े से गिर पड़ा।

दूसरी ओर, महाराव विजयराज और रणछोड़ जी बारी-बारी खुद अलाउद्दीन खिलजी से भिड़ गए।
युद्ध के दौरान रणछोड़ जी का दायां हाथ कोहनी के नीचे से कट गया, पर वे पीछे नहीं हटे। उन्होंने बाएं हाथ से तलवार उठाकर युद्ध जारी रखा।

हम्मीर उत्तरी मोर्चे पर खिलजी के सेनापति से भिड़ रहा था। उसने लाठी का एक ऐसा घातक वार किया कि सेनापति की गर्दन सीधी युद्धभूमि पर लुढ़क गई।

युद्ध के अंतिम चरण में, खिलजी की सेना भागने लगी। कुछ सैनिक एक हाथी पर शिवलिंग को गाय के चमड़े में लपेट कर ले जा रहे थे, ताकि खिलजी के आदेश अनुसार उसे दिल्ली ले जाया जा सके।

तभी, सावदारिया कबीले के गमना जी राईका, ऊँट पर सवार होकर बिजली की तरह दौड़े और हाथी पर छलांग मार दी। उन्होंने हाथी पर बैठे सिपाही का सिर धड़ से अलग कर शिवलिंग को पुनः अपने अधिकार में ले लिया।
अब शिवलिंग सुरक्षित था—भारत की अस्मिता, आत्मा और आस्था की रक्षा हो चुकी थी।

खुद अलाउद्दीन खिलजी बुरी तरह घायल हो चुका था, उसके शरीर से रक्त बह रहा था, और चेहरे पर हार की कालिमा थी। उसने भागना ही उचित समझा और कुछ सैनिकों के साथ युद्धभूमि छोड़ दी। सिरोही की सेना ने उसका पीछा नहीं किया—क्योंकि उनका उद्देश्य विजय था, बदला नहीं।

मंडार की ऐतिहासिक विजय के पश्चात सिरोही की धरती पर एक पावन आनंद की लहर दौड़ गई थी। राईकों, राजपूतों और सिरोही की सेना ने मिलकर जिस पराक्रम, रणनीति और आस्था के बल पर अलाउद्दीन खिलजी की एक लाख की सेना को पराजित किया, वह किसी चमत्कार से कम नहीं था।

विजय के बाद सेना, राजा और जनसाधारण सब गमना जी की वीरता को नमन कर रहे थे, जिन्होंने शिवलिंग को शत्रुओं से मुक्त कराया और सिरोही की आत्मा को फिर से जीवित किया।

शिवलिंग को स्नान कराकर, उसे सुंदर वस्त्रों में सजाया गया। अब एक गंभीर प्रश्न सबके सामने था: क्या शिवलिंग को फिर से सिद्धपुर के रुद्रमाल शिवालय में स्थापित किया जाए, जहाँ से उसे अपवित्र कर चुराया गया था?

तभी रणछोड़ जी ने सभा में खड़े होकर वह प्रस्ताव रखा, जिसने भविष्य की दिशा तय की:

"यह केवल शिवलिंग नहीं, यह अब राईकों की चेतना, स्मृति और विश्वास का केंद्र है। इसे वहां स्थापित किया जाए जहाँ हमारे धर्म की ऊर्जा को नेग जी ने सबसे पहले महसूस किया था, जहाँ से राईकों की दशा और दिशा बदल गई थी—सरणवा का वह दिव्य स्थान।"

सरणवा—एक रहस्यमय और तपोभूमि जैसी भूमि। यही वह स्थान था जहाँ वर्षों पूर्व नेग जी राईका को दिव्य अनुभूति हुई थी। जहाँ उन्होंने आत्मबल, विश्वास और सच्चे धर्म की अनुभूति की थी।

सभा ने इस सुझाव पर एक स्वर में सहमति दी। महाराव विजयराज ने स्वयं खड़े होकर कहा:

"यह शिवलिंग अब केवल मंदिर की वस्तु नहीं, यह सिरोही की आत्मा है। इसे वहाँ स्थापित किया जाएगा जहाँ से हमारे कुल का नवोदय हुआ—और उस मंदिर का नाम होगा सारणेश्वर महादेव।"

उस स्थान पर भव्य मंदिर की नींव रखी गई। शिवलिंग को अत्यंत विधिपूर्वक सरणवा के दिव्य केंद्र में स्थापित किया गया। जैसे ही स्थापना पूर्ण हुई, ऐसा प्रतीत हुआ मानो पूरी धरती ने सुख की साँस ली हो—प्राकृतिक कंपन, पुष्पवृष्टि और नाद के साथ देवताओं की भी उपस्थिति महसूस हुई।

महाराव विजयराज ने वहाँ एक ऐतिहासिक घोषणा की:

"हर वर्ष देवझूलनी एकादशी को यह मंदिर राईका समुदाय के अधीन रहेगा। इस दिन मंदिर की पूजा, उत्सव और सम्पूर्ण व्यवस्था केवल राईका कबीले ही करेंगे—यह उनकी वीरता, भक्ति और त्याग को सम्मान देने का माध्यम होगा।"

राईकों के नौ कबीले—सांबड़, वेराणा, खाटाणा, चावड़ा, चेलाणा, सावदारिया, भीम, भारका, पेवाला—अब शांति, गौरव और एकता से रहने लगे।

परंतु यह अंत नहीं था...

जब सबको लगा कि अधर्म पर धर्म की जीत हो चुकी है, एक रहस्य अब भी दबा था—एक रहस्य, जिससे अनजान थे राईका भी, और आंशिक रूप से खिलजी भी।

खिलजी, दिल्ली में बैठा अब भी हार की आग में जल रहा था।
उसे अब भी याद थी वह विशेष शक्ति, जिसकी गूंज उसे सिद्धपुर में मिली थी—एक कंपन, एक ऊर्जा, जो इंद्रियों से नहीं बल्कि आत्मा से महसूस होती थी।
वह समझ नहीं पाया था की वह शक्ति शिवलिंग में नहीं, बल्कि उसके नीचे छुपे अद्वितीय स्रोत में थी, जो अब सरणवा के गर्भ में, सारणेश्वर महादेव मंदिर के नीचे सुरक्षित था।

वह शक्ति क्या थी?
क्या वह कोई प्राचीन तपोबल था?
या कोई दिव्य शिला, कोई ज्योति, कोई अदृश्य ऊर्जा, जो केवल सच्चे भक्त और संतों को ही अनुभव होती थी?

खिलजी हार चुका था, पर उसकी लालसा समाप्त नहीं हुई थी।
वह अब केवल धर्म नहीं, उस दिव्यता को अपनी सत्ता में लेना चाहता था, जिससे वह अमर कहलाए, जिसे पाकर वह संपूर्ण भारतवर्ष पर आध्यात्मिक शासन कर सके।

पर वह नहीं जानता था कि वह शक्ति, सिर्फ भक्ति, निष्ठा और आत्मत्याग से ही प्राप्त हो सकती है।
और वह शक्ति अब सरणवा के गर्भ में विश्राम कर रही थी—भविष्य की किसी महान गाथा के लिए।

अध्याय 8 : शिवा

1

शरद ऋतु का आगमन हो चुका था। वर्षा के बाद की यह ऋतु अपने साथ शांति, शीतलता और सौंदर्य का अद्भुत संगम लेकर आई थी। आकाश धुला-धुला सा दिखता था, नीला और निर्मल, जैसे किसी चित्रकार ने अपने मन के रंगों से उसे सजाया हो। सूरज की किरणें अब तीखी नहीं थीं, बल्कि नरम और सुनहरी थीं, जो धरती पर उतरते ही हर चीज़ को सोने सा चमका देती थीं।

पेड़-पौधे वर्षा के जल से निखर गए थे। दूर-दूर तक फैली हरियाली, खेतों में लहराती फसलें, और पहाड़ों से उतरती शीतल हवा में मधुर खुशबू घुली हुई थी। पक्षियों की चहचहाहट, और हवा में झूमती घास की लहरें मानो प्रकृति की सरगम बना रही थीं। वातावरण में एक विशेष निर्मलता थी – न अधिक गर्मी, न अधिक सर्दी – बस एक शांत, सुखद एहसास, जैसे धरती खुद किसी मधुर स्वप्न में लीन हो।

इसी मधुर मौसम में, सिरोही से कुछ दूर, चावड़ा कबीले के प्रमुख लक्ष्मण जी के घर का आंगन धूप से नहाया हुआ था। तीज़ो, जो अब नौवें महीने में थी, घर की चौखट पर बैठकर उस शरद ऋतु के सौंदर्य को निहार रही थी। उसकी आँखों में एक विशेष चमक थी – शायद आने वाले जीवन की आहट को महसूस कर रही थी।

अचानक, एक तेज़ दर्द की लहर उसके पेट में उठी। वह घबराकर अपनी माँ को पुकारती है, "माँ... माँ...!" उसकी आवाज़ करुण थी, कांपती हुई। उसकी माँ दौड़ी चली आती है, और तीज़ो की हालत देख घबराहट में आस-पड़ोस की महिलाओं को बुलाती है। स्त्रियाँ तुरंत घर के भीतर पहुँचती हैं, और तीज़ो को एक शांत कमरे में ले जाती हैं। कुछ ही देर में सिसकियाँ, कराहें और फिर... एक शिशु की पहली रो देने की ध्वनि पूरे घर में गूंजती है।

लक्ष्मण जी के घर में हर्ष की लहर दौड़ जाती है। यह पुत्र, उनके कुल की नई कड़ी बनकर आया था – एक नई आशा, एक नया जीवन। बाहर खड़े बच्चे और बुजुर्गों की आँखों में चमक थी, मानो सबको वर्षों बाद कोई दिव्य वरदान मिला हो।

वहीं पास ही एक पहाड़ी ढलान पर, हम्मीर चावड़ा अपने ऊंटों और बकरियों के साथ चरागाह में था। उसने हल्की हवा में शरद की खुशबू को महसूस करते हुए दूर क्षितिज की ओर देखा, जहाँ सूर्य की सुनहरी किरणें पर्वतों से टकरा रही थीं। वह उस सजीव दृश्य में खोया हुआ था, तभी उसके पास कुछ बच्चे दौड़ते हुए आते हैं, चिल्लाते हैं – "हम्मीर भाया! भाया! आप मामा बन गए!"

हम्मीर की आँखें एक पल के लिए स्थिर हो गईं। उसके भीतर जैसे कोई दीप जल उठा हो। वह बिना एक पल गंवाए अपनी बकरियों और ऊंटों को बच्चों के हवाले करता है और दौड़ पड़ता है। उसकी सांसें तेज़ थीं, चेहरे पर मुस्कान, आँखों में आंसू।

घर पहुंचते ही वह तीज़ो के कमरे में जाता है। उसकी बहन थकी हुई, लेकिन प्रसन्न थी। उसने अपनी नवजात संतान को गोद में ले रखा था। हम्मीर ने पहले उस शिशु को देखा –

73

कोमल, मासूम, उसकी मुट्ठियाँ बंद थीं और वह अब भी हल्की सिसकी ले रहा था। फिर उसने तीज़ो की ओर देखा – और बिना एक शब्द कहे, अपनी बहन को गले से लगा लिया। दोनों की आँखों से आंसू बहने लगे – वह आंसू जिसमें दर्द था, राहत थी, और अपार स्नेह।

यह सिर्फ एक जन्म नहीं था – यह राइकों के इतिहास में एक नई सुबह की शुरुआत थी। यह बालक आगे चलकर इतिहास की दिशा मोड़ने वाला था... लेकिन उस क्षण, वह सिर्फ अपनी माँ की गोद में एक नन्हा सपना था।

2

शरद ऋतु की ठंडी, सुनहरी धूप सांबड़ कबीले की गलियों में फैल रही थी। हल्की-हल्की हवा राईकों की बस्तियों को सहला रही थी, और पेड़ों की पत्तियाँ धीरे-धीरे झर रही थीं, जैसे प्रकृति खुद किसी शुभ समाचार की तैयारी कर रही हो। तभी चावड़ा कबीले से एक उत्साही युवक ऊँट पर सवार होकर तेज़ी से सांबड़ कबीले की ओर आया। उसके चेहरे पर उत्साह था, आँखों में चमक और दिल में एक खबर जिसे वह सबसे पहले रणछोड़ जी तक पहुंचाना चाहता था।

जैसे ही वह सांबड़ कबीले की चौपाल में पहुँचा, उसने ऊँट से उतरते ही जोर से पुकारा — "रणछोड़ जी! बधाई हो! आप दादा बन गए!"

रणछोड़ जी, जो उस समय अपने कुछ बुजुर्ग साथियों के साथ बैठकर शरद की सर्दी में अंगीठी ताप रहे थे, यह सुनते ही जैसे कुछ पल के लिए स्तब्ध रह गए। फिर उनकी गहरी आँखों में चमक आ गई। होंठों पर धीमी मुस्कान फैल गई, जो धीरे-धीरे गर्व और वात्सल्य से भरे ठहाके में बदल गई। उन्होंने आसमान की ओर देखा, जैसे किसी अदृश्य शक्ति को धन्यवाद दे रहे हों।

"म्हारो देवा बापू बन गीयो..." — उन्होंने धीमे से कहा।
फिर उन्होंने गेरकी और जतनो की ओर देखा, जो पास ही में थीं।

गेरकी — जो तीज़ो की सास और देवा की माँ थीं — जब यह सुनती हैं, तो उनका चेहरा प्रसन्नता से दमक उठता है। वे खुशी के मारे अपने घूंघट को थोड़ा सा हटा कर एकटक आकाश की ओर देखने लगती हैं, जैसे भगवान का आभार जता रही हों। उनकी आँखों में आंसू थे — वो आंसू जो वर्षों से पल रही किसी आस की तृप्ति के थे।

जतनो, देवा की बुआ और तीज़ो की संरक्षक सरीखी, अपने दोनों हाथ जोड़कर जोर से बोलती हैं —
"महादेव की महिमा अपरंपार है! पोता आयो है!"

उस क्षण सांबड़ कबीले के उस आंगन में मानो समय ठहर गया। चारों ओर सिर्फ मुस्कानें थीं, कुछ बूढ़े उठकर रणछोड़ जी को गले लगाने लगे, और महिलाएँ मंगल गीतों की तैयारी में लग गईं।

लेकिन इन सबमें, जो आँखें सबसे ज्यादा कुछ तलाश रही थीं — वो थीं देवा की आँखें।

देवा उस समय कबीले के एक कोने में बैठा, लकड़ी की नक्काशी कर रहा था। जब यह समाचार उसके पास पहुंचा, तो वह कुछ पल तक अविश्वास में रहा। उसने हथौड़ी वहीं रख दी, अपनी हथेलियों को घूरता रहा — जैसे यक़ीन नहीं कर पा रहा कि जिन हाथों ने तलवार उठाई, जिन हाथों ने रक्षार्थ खून बहाया, अब उन्हीं हाथों में उसके अपने पुत्र को उठाने का सौभाग्य मिलेगा।

वह उठ खड़ा हुआ — धीमे-धीमे कदमों से पहले — फिर दौड़ते हुए रणछोड़ जी के पास पहुंचा,
"बापू"

रणछोड़ जी ने उसकी पीठ थपथपाई,
"हां रे देवा... अब तू भी बापू बन गीयो है..."

देवा की आँखों में सैलाब उमड़ पड़ा। वह वहीं ज़मीन पर बैठ गया, आँखें आसमान की ओर उठाईं और बस इतना ही कहा — "म्हारी बेटी और बालक खुश रहे..."

उसके मन में अब कोई युद्ध नहीं था, कोई तलवार नहीं, कोई रण नहीं — सिर्फ एक छवि थी — अपनी पत्नी तीजो की, जो नवजात को गोद में लिए, उसे देख रही होगी। उसकी साँसें तेज़ हो रही थीं, वह अब एक पल भी नहीं रुकना चाहता था।
वो देखना चाहता था अपनी तीज़ो को — और उस नन्हें जीव को, जिसमें अब उसका अंश, उसका उत्तराधिकारी धड़क रहा था।

पूरा कबीला अब जश्न में डूब रहा था, लेकिन देवा के भीतर उस क्षण सिर्फ एक ही भावना थी — "प्रेम"।

और वह प्रेम — अब एक पिता का प्रेम था।

3

सांबड़ कबीले की वह सुबह किसी उत्सव से कम नहीं थी। शरद ऋतु की नरम धूप में पूरे कबीले का आँगन जैसे मुस्कुरा रहा था। घर-आँगन में गाय के गोबर से लिपी गई ज़मीन पर रंगोली बनी थी, तो दरवाज़ों पर आम के पत्तों और गेंदे के फूलों से बनी तोरण लटक रही थी। घर के चारों ओर ढोल-थाली और राईका महिलाओं के मंगल गीतों की मधुर ध्वनि गूंज रही थी। हर चेहरे पर उल्लास था, हर मन उत्साह से भरा हुआ।

यह 'जाया ओना' था — राईका परंपरा का वह विशेष दिन, जब माँ और नवजात शिशु को गर्व, सम्मान और पूरे रीति-रिवाज के साथ मायके से ससुराल लाया जाता है।

रणछोड़ जी, नाथाजी और कुछ अन्य प्रतिष्ठित पुरुष अपने पूरे पारंपरिक पहनावे में — साफा, अंगरखा और हाथ में लाठी के साथ — चावड़ा कबीले पहुंचे। वहां लक्ष्मण जी चावड़ा

ने उनका आत्मीय स्वागत किया। गेरकी ने तीजो और नवजात को गोद में लिया और सबने एक स्वर में कहा — "हमें चालो , चलो अपने घर।"

सांबड़ कबीले की ओर बढ़ते हुए जैसे हर कदम पर मंगल बज रहा था। रास्ते में लोग फूल बरसाते जा रहे थे। कुछ महिलाएं 'मंगल गीत' गा रही थीं, बच्चे उत्साह से नाच रहे थे। जब तीजो और शिवा घर के मुख्य द्वार पर पहुँचे, तो पहले गेरकी ने आरती उतारी, जतनो ने ललाट पर हल्दी-कुमकुम का तिलक लगाया, और गेरकी ने तुलसी जल से उनके पाँव पखारे। घर के दरवाज़े पर चावल से भरी थाली रखी गई, और तीजो ने धीरे-धीरे उस थाली को अपने पैर से आगे बढ़ाया — यह संकेत था कि लक्ष्मी अपने साथ सौभाग्य लेकर घर में प्रवेश कर रही है।

देवा, जो अब तक बस एक अधीर प्रेमी और उत्साहित पिता की भूमिका में था, सिर झुकाए, भीगी आँखों से तीजो को देख रहा था। उसके लिए यह क्षण किसी युद्ध की जीत से बड़ा था। तीजो के हाथ में बच्चे को देख वह ठहर गया। वह बस देखता रहा — न थकता था, न पलक झपकाता था। मानो यह दृश्य उसकी आत्मा में बस गया हो।

फिर सभी कबीले के बुजुर्ग और अन्य कबीले से आए लोग बैठक में एकत्र हुए। बैठक की जमीन पर रंगीन कंबल बिछाए गए, सुगंधित धूप जल रही थी, और बीच में चांदी की थाली में नारियल, मिश्री और हल्दी रखी थी। रणछोड़ जी ने जब एक हाथ में अपने नन्हे पोते को गोद में लिया और सभा में आए सभी लोगों की ओर देखकर बोले:

"हम सबने मिलकर सरणवा में सारणेश्वर महादेव का मंदिर बनाया। उस स्थापना के बाद यह पहला बालक है जो हमारे कुल में आया है। यह केवल हमारा पोता नहीं, यह भगवान शिव का आशीर्वाद है। इसका नाम होगा — 'शिवा'।"

जैसे ही 'शिवा' नाम रणछोड़ जी के मुख से निकला, एक दिव्यता कमरे में फैल गई। कुछ क्षणों के लिए जैसे सभी की साँसे थम गईं। उस नाम में कोई गूंज थी, कोई आभा — जैसे सरणवा की गुफाओं से निकली शिवध्वनि।

शिवा।

सबने एक साथ सिर हिलाया। किसी ने कुछ नहीं कहा, लेकिन हर मन यह मान चुका था कि यह नाम केवल एक पहचान नहीं, एक भविष्य की आहट है। कोई नहीं जानता था कि यह बालक — जो अब तक अपनी माँ की छाती से लगा था — आने वाले वर्षों में इतिहास की दिशा बदलने वाला है।

लेकिन फिलहाल, सांबड़ कबीले में सिर्फ खुशी, आशीर्वाद, और प्रेम का पर्व मनाया जा रहा था। और उस सबके केंद्र में था — शिवा।

वसंत ऋतु — ऋतुओं की रानी, जब धरती माँ अपने सबसे मनोहर रूप में सजी होती है।

4

चार महीने बीत चुके थे शिवा के जन्म को। अब सरणवा की धरती पर वसंत ने अपनी चादर बिछा दी थी। हवा में एक मीठी सुगंध घुली थी — आम के बौर, नीम के नये पत्ते, खेतों में लहराते गेहूं की बालियाँ, सरसों के पीले फूल और पलाश की नारंगी छटा हर ओर बिखरी हुई थी। पेड़-पौधे जैसे नवजीवन पा गए थे। कोयल की कुहुक गूंज रही थी, और तितलियाँ रंग-बिरंगे फूलों के बीच झूम रही थीं।

गेरकी आँगन के कोने में बनी नीम की छांव तले, एक नरम ऊन के बने गद्दे पर बैठी थी। उसकी गोद में था — नन्हा शिवा। वह अब लगभग चार महीने का हो चुका था, उसकी आँखों में अब चंचलता और चेहरे पर मासूम मुस्कान थी। उसके गालों में हर बार की हँसी पर गड्ढे पड़ जाते थे। गेरकी उसकी उंगलियों को पकड़कर गुनगुना रही थी कोई लोकगीत, जिसे सुनकर शिवा कभी मुस्काता, कभी चकित होकर उसे देखता।

वहीं रणछोड़ जी, जो रणभूमि में अपने पराक्रम के लिए प्रसिद्ध थे, आज उस नन्हे से पोते के साथ मिट्टी में बैठकर लकड़ी के ऊंट और बकरी के खिलौनों से खेल रहे थे। उनके चेहरे पर आज युद्ध नहीं, वात्सल्य और शांति की चमक थी। वे कभी शिवा के माथे को चूमते, कभी उसे हल्के से गोद में उछालते, और शिवा खिलखिलाकर हँस देता।

तभी थोड़ी दूर से हम्मीर और देवा आते दिखे। उनके पास हमेशा की तरह ऊंट और बकरियों की एक छोटी सी टोली चरती हुई चल रही थी। देवा के कंधे पर उनकी परंपरागत लाठी थी और हम्मीर अपनी भुजाओं को घास के गुच्छे से झाड़ते हुए आ रहा था।

रणछोड़ जी ने शिवा को गेरकी की गोद में देते हुए दोनों को मुस्कराकर देखा।

देवा ने पास आकर शिवा को देखा और मुस्करा कर उसके माथे पर हल्की चपत लगाई — "म्हारो छोरो अब तो रण में कूदण ने तयार हो रियो है।"

हम्मीर ने मज़ाक में कहा, "पहले चाल सिख ले, फेर रण की बात करां!"

रणछोड़ जी हँसते हुए बोले, "चाल तो देखो इसकी, जैसे अपने बाप-दादा का खून है इसकी रगों में।"

देवा फिर थोड़ा गंभीर हुआ, और बोला,
"आज शाम हमारे घर पर सभी कबीले इकट्ठा हो रहे हैं। मालवा प्रवास की योजना पर चर्चा होगी — भेड़-बकरियां लेकर वहाँ के चरागाहों तक जाना है।

चारों एक पल के लिए शांत हो गए। ऊपर नीले आसमान में पपीहे की टेर सुनाई दी, और हवा में पलाश की खुशबू घुल गई।

वसंत की उस सुगंधित साँझ ने जैसे एक नए निर्णय की भूमिका बांध दी थी — जहाँ शिवा की हँसी और सरणवा की मिट्टी, दोनों ही गवाह बनने वाले थे राइकों के अगले पड़ाव के।

संध्या की लालिमा जब धीरे-धीरे पर्वतों की चोटी से उतर कर धरती पर छा रही थी, तब

सरणवा की पावन भूमि पर, सांबड़ कबीले के प्रमुख रणछोड़ जी के घर के प्रांगण में एक बड़ी चौपाल सजाई गई थी। चारों ओर राईका कबीले के सभी प्रमुख और वरिष्ठजन पंगत में बैठे थे — उनके चेहरे गंभीर थे, पर दृष्टि में उम्मीद की चमक भी थी। मध्य में एक दीर्घासन पर रणछोड़ जी विराजमान थे। बाईं ओर नाथाजी शांत मुद्रा में बैठे थे और ठीक पास में हम्मीर और देवा भी बैठे थे। चारों ओर से आने वाले ग्रामीण, जवान और बुजुर्ग भी सभा के चारों ओर एक घेरा बनाकर खड़े थे।

रणछोड़ जी ने हाथ उठाकर सभा की शुरुआत की।
"आज हम सब एकत्र हुए हैं, ताकि हम आगे के मौसम, अपने पशुओं और हमारी यात्रा के बारे में विचार कर सकें।"

इसके बाद देवा धीरे-धीरे खड़ा हुआ। उसकी आवाज़ में आत्मविश्वास था, लेकिन आंखों में सभी कबीले के लिए चिंता भी थी।
"मुझे ये कहते हुए गर्व है कि सरणवा की धरती ने हमें शरण दी, हमारा चारा-पानी कभी नहीं छूटा, लेकिन..." — उसने एक क्षण रुककर सबकी ओर देखा —
"...लगातार कई वर्षों से हम एक ही जगह अपने पशुओं को रख रहे हैं। न हमारे पशु आगे बढ़ पा रहे हैं और न हम। मैं चाहता हूं कि अब हमें सीमाओं के बाहर निकलकर कुछ नया देखना चाहिए।"
वो आगे बोला — "मालवा की धरती, जो दूर है लेकिन उपजाऊ और हरियाली से भरपूर है, वहां हमारे पशुओं के लिए भरपूर चारा-पानी है। गर्मी आने से पहले यदि हम वहां पहुंचें, तो पशुओं को भी राहत मिलेगी और हम भी नयी दुनिया से परिचित हो सकेंगे।"

सभा में सन्नाटा छा गया था, लेकिन वो मौन स्वीकृति का प्रतीक था। सभी प्रमुख एक-दूसरे की ओर देखने लगे।
किशनजी (वेराणा प्रमुख) ने धीरे से कहा, "देवा की बात में दम है। बदलाव जरूरी है।"
लक्ष्मण जी (चावड़ा प्रमुख) ने सिर हिलाया, "पशुपालक हमेशा चलते हैं, रुके नहीं रहते। यह हमारी परंपरा है।"

तभी रणछोड़ जी ने नज़रें नाथा जी की ओर मोड़ीं और मंद स्वर में कहा,
"नाथा जी, आपकी बुद्धि ने हमें हमेशा रास्ता दिखाया है। आप बताइए।"

नाथा जी उठे, उनके चेहरे पर समय की गहराई और अनुभव की रेखाएं थीं।
"देवा की भावना सराहनीय है," वे बोले, "लेकिन सावधानी जरूरी है। मालवा एक अंजाना भू-भाग है। हमें नहीं पता वहां की स्थितियां कैसी हैं — वहां के लोग, जलवायु, चरागाह — सब कुछ नया होगा।"

उन्होंने सभा की ओर देखा और आगे कहा,
"इसलिए मैं सुझाव देता हूं कि पहले हम कुछ चुने हुए परिवारों को एक छोटे समूह के रूप में भेजें। वे पहले जाकर देखें, जानें कि वहां की ज़मीन हमारे पशुओं को कितनी स्वीकार करती है। गर्मी के साथ-साथ जैसे मौसम कठिन होता जाएगा, हम बाकी लोगों को चरणबद्ध रूप से वहां भेज सकते हैं।"

सभा में फिर एक पल की चुप्पी आई — और फिर धीरे-धीरे एक स्वर उभरने लगा —
"नाथा जी सही कह रहे हैं।"
"हां, यही ठीक रहेगा।"
"पहले कुछ लोगों को भेजते हैं।"

रणछोड़ जी ने फिर हाथ उठाकर सभा का समापन किया,
"तो तय रहा — देवा, तुम पहले जत्थे की तैयारी करो। बाकी सब अपने पशु, परिवार, और ज़रूरी वस्तुओं को व्यवस्थित रखें। हम जल्दी ही नयी राह पर चलेंगे।"

रात का अंधेरा अब आकाश से उतर रहा था, लेकिन सभा में लिए गए इस निर्णय ने हर मन में एक नयी रोशनी भर दी थी — उम्मीद, खोज, और साहस की रोशनी।

5

सारणवा की पहाड़ियों पर वसंत ऋतु की छाया धीरे-धीरे ढलने लगी थी। धरती पर हरियाली की चादर बिछी थी, पेड़ों पर नई कोंपलें मुस्कुरा रही थीं और हवा में फूलों की भीनी-भीनी खुशबू घुली थी। ऐसे ही एक सुंदर, शांत और भावुक भरे वातावरण में राईका समुदाय के पहले जत्थे की विदाई की तैयारियाँ अंतिम चरण में थीं। यह कोई सामान्य काफिला नहीं था, यह एक इतिहास रचने वाला प्रवास था — राईकों का पहला कदम बाहरी दुनिया की ओर, मालवा की ओर।

देवा, अपने हाथ में एक छोटी-सी पोटली और कमर में तलवार बांधे, पूरे जत्थे की व्यवस्था में जुटा था। वह हर ऊँट, हर गाड़ी, हर भेड़-बकरी की गिनती स्वयं कर रहा था। उसके साथ खड़ा हम्मीर भेड़ों के झुंड को व्यवस्थित कर रहा था, और दोनों मिलकर एक सधा हुआ नेतृत्व प्रस्तुत कर रहे थे।

करीब 90 परिवारों का यह जत्था था — हर कबीले से कुछ न कुछ परिवार इस अभियान का हिस्सा बने थे। यह किसी एक कबीले की नहीं, बल्कि पूरे राईका समाज की यात्रा थी। तीज़ो, जिसने पहले तो घर पर रहने का निश्चय किया था, आखिरकार अपने दृढ़ निश्चय और बाकी महिलाओं के उत्साह के लिए खुद को तैयार कर चुकी थी। उसका साथ देने और उसका तथा शिवा का ध्यान रखने के लिए, रणछोड़ जी ने जतनो को भेजा। वहीं नाथा जी भी अनुभव और दिशा देने के लिए साथ चल पड़े। उनके हाथ में वही पुराना चाबुक था, जो एक ज़माने में कई राहें पार कर चुका था।

विदा की सुबह, सूरज की पहली किरण जैसे धरती को प्रणाम कर रही थी, हवा में उल्लास और चिंता दोनों का स्पर्श था। रणछोड़ जी, लक्ष्मण जी, किशन जी और अन्य सभी कबीले प्रमुखों ने आगे बढ़कर दल को आशीर्वाद दिया।

काफिले का क्रम इस प्रकार था —
सबसे आगे ऊँचे-ऊँचे भेड़ों और बकरियों के झुंड, जिनके साथ कुछ युवक और बुजुर्ग पुरुष थे। फिर गायें और कुछ बैल, जिनके साथ छोटे बच्चे भी मदद कर रहे थे। उसके बाद

ऊँटगाड़ियाँ थीं, जिनमें महिलाएँ, छोटे बच्चे, बर्तन, अनाज, कंबल और कपड़े रखे गए थे। कुछ ऊँटों की पीठ पर तम्बू और रस्सियाँ बंधी थीं। सामान ढोने के लिए कई गधे भी साथ चल रहे थे — वे धीरे-धीरे चलते, मगर थकते नहीं थे। जतनो और नाथा जी ऊँट पर सवार होकर सबसे पीछे चल रहे थे, जिससे वे पूरे काफिले की निगरानी कर सकें।

रास्ते का सौंदर्य अद्भुत था।
कभी वे घने जंगलों से गुज़रते, जहाँ ऊपर से सूरज की किरणें पत्तों के बीच छनकर नीचे ज़मीन पर सुनहरी झालर सी बिछा देतीं। कहीं नीली नदियाँ उन्हें रास्ता देतीं, उनके किनारे डेरा डालकर वे भोजन करते, शिवा को तीजो अपनी गोद में लेकर वहीं झूले झुलाती। बच्चे पास की धाराओं में कंकड़ फेंकते, और हम्मीर बांसुरी बजाता।

कभी वे झरनों की कलकल सुनते, जो चट्टानों को चीरकर झरते थे — उनके पास खड़े होकर थकी आँखों को ठंडक मिलती। पहाड़ियों पर चढ़ते वक्त ऊँट लड़खड़ाते, तो पीछे से महिलाएं उन्हें पुचकारतीं, बच्चों के गीतों की धुन उस यात्रा में एक उल्लास भरती।

रात को तारे गिनते हुए सब एक-दूसरे से कहानियाँ साझा करते। देवा हर रात हर व्यक्ति की खबर लेता, और तीज़ो शिवा को अपनी गोद में लिटाकर जतनो के साथ आसमान में तारे दिखाते हुए भविष्य के सपनों की बात करती।

अंततः कई दिनों की यात्रा के बाद, मालवा के समीप, उज्जैन के पास, एक हरे-भरे समतल मैदान में उन्होंने अपना पहला डेरा डाला। वहाँ एक छोटी नदी बहती थी, पास में ऊँचे नीम और पीपल के वृक्ष थे, और हरियाली इतनी थी कि जानवर खुले मैदान में खुशी से दौड़ने लगे। डेरा सजाया गया, तंबू लगे, चूल्हे जले, और राईका कबीले के लोग एक नये जीवन की शुरुआत की दहलीज पर खड़े हो गए।

इस यात्रा ने उन्हें थकाया जरूर था, लेकिन वह थकान गर्व से भरी थी — यह प्रवास केवल पशुपालन के लिए नहीं था, यह अपनी संस्कृति, अपने विश्वास और अपनी जड़ों को साथ लिए एक नई भूमि से मिलने की शुरुआत थी।

अध्याय 9 : मालवा

1

मालवा की धरती, जैसे राईकों के स्वागत में मुस्कुरा रही थी। उज्जैन के समीप फैली हरी-भरी घाटियाँ, मधुर-मंद हवा और दूर तक फैले समतल मैदान — सब मिलकर जैसे एक स्वप्नलोक रच रहे थे। दिन में सूरज की रोशनी मैदानों पर सुनहरा रंग बिखेरती, तो शाम होते ही नीली-गुलाबी छटा सब कुछ रंगीन कर देती। पास की नदी की कलकल, रातों में झींगुरों की रुनझुन, और दूर कहीं किसी मन्दिर की घंटियाँ — राईकों के डेरे को एक अद्भुत सांस्कृतिक, सजीव वातावरण में परिवर्तित कर देतीं।

राईकों का डेरा एक सुव्यवस्थित गाँव सा लगने लगा था — तंबुओं की कतारें, पास में बंधी भेड़-बकरियाँ, एक ओर ऊँटों के बैठने का स्थान, बीच में चूल्हों से उठता धुआँ और औरतों की बातचीत की चहल-पहल। बच्चे खुले मैदान में खेलते, तो बुजुर्ग किसी वृक्ष के नीचे बैठकर अपने अनुभव बाँटते।

इन्हीं में से एक प्राचीन कदंब का वृक्ष, जो डेरे के छोर पर खड़ा था, वर्षों से जैसे इस धरती के परिवर्तन का साक्षी रहा हो। उसकी घनी छांव तले अक्सर हम्मीर डेरे के ऊँटों को चरा रहा होता। उसकी निगाहें ऊँटों पर होतीं, लेकिन मन... कहीं और बहता।

कुछ ही देर में, जतनो, जो तीजों और शिवा की देखभाल के बाद थोड़ी फुर्सत में होती, धीरे-धीरे वहां चली आती। उसकी चूड़ियों की खनक और पैरों की पायल की रुनझुन जैसे हम्मीर के कानों में मधुर संगीत सी बज उठती। वह उसे आते देख हल्की मुस्कान देता, और जतनो, शर्म से नज़रें झुका कर कदंब के नीचे बैठ जाती।

दोनों के बीच एक गहरा आत्मीय प्रेम था, जो शब्दों से ज़्यादा मौन में व्यक्त होता। कभी जतनो कहती, "ऊंट तो तुझे मानते हैं, पर तू मेरा कब सुनेगा?"
हम्मीर मुस्कराकर जवाब देता,
"कहां ये ऊंट मेरी सुनते है, जब ये मेरी सुनेंगे तब में तेरी भी सुनूंगा"

जतनो, हँसते हुए पास पड़े सूखे पत्तों से खेलने लगती, और हम्मीर उसके बालों से एक पत्ता हटाते हुए कहता,
"तेरे बालों में ये पत्ते भी खो जाना चाहते हैं।"
उसकी बात पर जतनो का चेहरा लाल हो जाता, और वह कहती, "ज्यादा मीठा बोलेगा तो ऊँट मुझसे जलने लगेंगे।"

वहां बैठकर दोनों कभी तारों को गिनते, कभी ऊँटों की चाल की बात करते, तो कभी मालवा की भूमि में राईकों के भविष्य के बारे में सोचते। ये पल उनके लिए विश्राम के नहीं, बल्कि आत्मा की जुड़ाव के क्षण होते थे। जतनो सिर्फ तीज़ो की ननद नहीं थी, लेकिन तीजों की तरह वह भी एक मजबूत राईका नारी थी — अपने भीतर प्रेम, समर्पण और स्वाभिमान समेटे।

ऊँट चराना, जो बाकी लोगों के लिए काम था, उनके लिए मिलन का बहाना बन चुका था। और कदंब का वह पेड़ — जैसे उन दोनों की गवाह बन चुका था।

यह प्रेम राईका संस्कृति की उस मिठास का हिस्सा था, जो शोर में नहीं, सादगी में खिलता था।
जहाँ न रीति रोकी थी, न रिवाज़ बाँधते थे, बस दो दिल, एक छांव और अनकहे वादे — यही तो थी जतनो और हम्मीर की कहानी।

मालवा की वसंत से महकती धरती, जहां राईकों का डेरा प्रेम, परिश्रम और शांति की गूंज से भर उठा था — वहीं दूसरी ओर एक अंधेरे का साया, धीरे-धीरे उनकी ओर बढ़ने लगा था।

2

दिल्ली सल्तनत की जासूसी व्यवस्था पूरे भारत में जाल की तरह फैली हुई थी। उसी जाल में से एक गुप्तचर, जो लंबे समय से मध्य भारत में भटकता फिर रहा था, उज्जैन के निकट फैले राईका डेरे तक आ पहुंचा। जैसे ही उसकी नजरें डेरे में घूमते देवा और हम्मीर पर पड़ीं, उसके पाँव जैसे ज़मीन में गड़ गए। वह तुरंत कुछ कोस दूर स्थित खिलजी की एक सैन्य चौकी की ओर रवाना हुआ, जहां उसकी रिपोर्ट ने जैसे लावा फोड़ दिया।

उस चौकी में वही कुछ सैनिक भी तैनात थे, जो आबू दर्रे की लड़ाई में बचे-खुचे जान बचाकर भागे थे। उन्होंने जैसे ही राईकों के नाम और उनके दो परिचित योद्धाओं — देवा और हम्मीर — का ज़िक्र सुना, उनके चेहरों पर डर और क्रोध दोनों एक साथ झलक पड़े। यह सुनते ही चौकी के सेनानायक ने बिना समय गंवाए दो सैनिकों को भेस बदल कर गुप्त रूप से उस डेरे की जांच करने भेजा।

वे सैनिक मालवा के जंगलों और मैदानों से होते हुए छिपते-छिपाते डेरे तक पहुंचे। उन्होंने देखा — ऊँटों की निगरानी कर रहा हम्मीर, और एक ओर पशुओं को नहलाता और लोगों को निर्देश देता देवा। यह वही राईका योद्धा थे जिन्होंने दिल्ली सल्तनत को आबू की घाटियों में हार का स्वाद चखाया था।

सैनिक जैसे ही अपनी पुष्टि लेकर लौटे, चौकी का सेनानायक समझ गया कि यह सूचना कितनी महत्वपूर्ण है। उसने तुरंत एक घोड़ा-दूत दिल्ली के लिए रवाना किया, और संदेश भेजा सीधे मालिक काफूर को।

दिल्ली में, जलसे में बैठे मालिक काफूर के पास जैसे ही संदेश पहुंचा, उसने अपनी ठंडी आंखों से वह पत्र पढ़ा। अगले ही क्षण, उसके चेहरे पर एक कुटिल मुस्कान फैल गई — एक ऐसी मुस्कान जो प्रतिशोध की आग से भरी थी।

वह बुदबुदाया,
"आख़िरकार... राईके फिर से नज़र आए हैं। जंगल में भी छिपा शेर अगर दिख जाए, तो शिकारी उसका इंतज़ार नहीं करता।"

82

काफूर ने कोई विलंब न करते हुए एक बड़ी सैन्य टुकड़ी तैयार करने का आदेश दिया। इस बार न कोई संदेश, न कोई राजनय — बस लक्ष्य था एक:
"मालवा पहुंचो, और राईकों को सबक सिखाओ।"

काफूर की सेना, हथियारों से युक्त, घोड़ों और हाथियों के साथ, धूल उड़ाती दिल्ली से मालवा की ओर रवाना हो गई।

उधर, राईका डेरा अपने सुखद क्षणों में मग्न था, अविज्ञात इस तूफान से जो उसकी ओर तेज़ी से बढ़ रहा था।

3

रात्रि का समय था। मालवा की धरती पर वसंत की सोंधी हवा धीरे-धीरे बह रही थी। कदंब और पलाश के पेड़ों की फुनगियों पर चाँदनी ठहरी हुई लगती थी। राईका डेरे में दिन भर की भागदौड़ के बाद अब एक शांति पसरी हुई थी — पर वह शांति कुछ गहरी थी, जैसे किसी आने वाले तूफान से पहले की खामोशी।

कहीं दूर से ऊँटों की घंटियों की मद्धिम झनकार सुनाई दे रही थी, जैसे कोई लोरी गा रहा हो। कुछ बूढ़े लोग अपने बिस्तरों के पास हुक्के की गंध में बीते समय की बातें कर रहे थे। बच्चों की किलकारियाँ अब थकान में बदल चुकी थीं। वे अपनी माताओं के पास बैठकर भेड़-बकरियों को दुहने में मदद कर रहे थे — कोई मटकी पकड़ रहा था, कोई दीपक की लौ को संभाल रहा था।

कुछ औरतें रोटियां सेंक रही थीं, आग की आंच में लकड़ी की चटकन गूंज रही थी। गायों और बकरियों के थनों से टपकता दूध, मिट्टी के बर्तनों में इकट्ठा हो रहा था, और साथ ही हवा में उस दूध की ताज़ी महक भी घुल रही थी।

देर शाम को, देवा अपने तंबू की ओर लौटा। दिन भर के संचालन, पशु देखरेख, लोगों की जरूरतों और रास्ते की थकान से उसकी देह झुक गई थी, लेकिन आंखों में एक अलग ही सुकून था। जैसे ही उसने तंबू में प्रवेश किया, सामने तीजों उसे मटकी के पास बैठी मिल गई, जो अभी दूध से दही जमाने की तैयारी कर रही थी।

देवा ने मुस्कुरा कर कहा,
"बस कर अब, दिन भर तू भी थक गई होगी।"

तीजों ने पलट कर देखा, उसकी मुस्कान में अपनापन था,
"आप को देख सारी थकान मिट जाती है ?"

देवा पास आकर बगल में बैठ गया। एक गहरा सांस लेते हुए बोला, "आज के दिन भर की थकान भी सुकून लगती है जब तेरे पास बैठता हूँ। लगता है सब ठीक है, सब पूरा है।"

तीजों ने धीरे से शिवा को जो पास ही सो रहा था, देखा और कहा, "आपका हर दिन शिवा के नाम रहता है, पर आप खुद के लिए कब जीते है ?"

83

देवा हँस पड़ा,
"जब तू मुस्कुराती है और शिवा गहरी नींद में सोता है, उसी पल लगता है कि मैंने सब पा लिया।"

थोड़ी देर वे दोनों चुपचाप बैठ गए — न कोई शब्द, न कोई ज़रूरत। केवल तंबू के बाहर जलती लकड़ियों की आवाज़, चाँद की रौशनी में झूमते कदंब के पेड़, और दूर ऊँटों की टेर।

इस क्षण में देवा और तीजों के बीच कोई लंबा संवाद नहीं हुआ, पर जो प्रेम, जो अपनापन उन चुपियों में था, वह शायद हजारों शब्दों से भी गहरा था।

उन्हें क्या पता था कि ऐसे ही एक शांत रात के पीछे एक अंधकारमय सवेरा छुपा बैठा है — जिसे काफूर की सेना धीरे-धीरे ओट से बाहर लाने वाली थी...
मालवा की भूमि पर चाँदनी रात का साया गहराता जा रहा था, लेकिन उस रात की ख़ामोशी में एक छल छिपा हुआ था। राईकों का डेरा, जो दिन भर की थकान के बाद विश्राम में लीन था, अचानक उठती अफरा-तफरी से हिल गया।

काफूर की चाल गहरी और सटीक थी। कुछ चुने हुए सुल्तानी सैनिक, जो गुप्तचरों के भेष में डेरे के आस-पास घूम रहे थे, अब चोरों के वेश में बाड़े की ओर बढ़े। वे छुपते-छुपाते भेड़-बकरियों के सामूहिक बाड़े में घुसे और कुछ भेड़ों को चुपचाप निकाल कर बाहर ले जाने लगे।

कुछ ही क्षणों में एक बकरी की टेर उठी, एक चरवाहे की नींद टूटी — और चोरी का पता लग गया।

"कोई बकरियां ले जा रहा है!" — एक युवक की आवाज़ हवा को चीरती हुई गूंजी।
उस आवाज़ ने पूरे डेरे को जगा दिया।

हम्मीर सबसे पहले लाठी लेकर दौड़ा, कुछ और जवान उसके पीछे हो लिए। वे भेड़ियों की तरह तेज भागे — उन अजनबी चोरों के पीछे, जो अब भागते-भागते अंधेरे में खोने लगे थे।

थोड़ी ही देर में देवा को भी खबर मिली। वह तुरंत बाड़े की ओर दौड़ा और वहां पहुंच कर उसने पूछा,
"हम्मीर कहां गया?"
किसी ने हाँफते हुए कहा, "वो चोरों के पीछे दौड़ा है।"

देवा एक क्षण के लिए चुप रहा। उसकी आँखों में चिंता की एक लकीर दौड़ गई। वह मन ही मन समझ गया — ये कोई साधारण चोरी नहीं, किसी बड़ी योजना का हिस्सा है।
उसने फौरन कहा, "अब उसके पीछे जाना ठीक नहीं। यही चाहते हैं वे — हमें अलग करना।"

हम्मीर दूर अंधेरे में ग़ायब हो चुका था।
काफूर की यही चाल थी। राईकों के दो सबसे सक्षम योद्धाओं को अलग कर देना — ताकि

वो कमजोर पड़ें।

इधर पूरे डेरे में हड़कंप मच चुका था। बच्चे अपने माता-पिता से चिपके हुए थे, औरतें बकरियों के पास खड़ी, डर और घबराहट से कांप रही थीं। बूढ़े जन लकड़ियों के सहारे खड़े, किसी अनहोनी की आशंका लिए बातें कर रहे थे।

तभी नाथा जी, जो वर्षों के अनुभव और शांत चित्त के लिए जाने जाते थे, बैठक की जगह पर आकर ऊँची आवाज़ में बोले:

"ध्यान दो, सभी लोग एकत्र हो जाओ। ये साधारण चोरी नहीं है, ये किसी बड़ी चाल का हिस्सा है।"

लोग एकत्र हो गए। सभी चुप।

नाथा जी बोले,
"हमें अब और ज्यादा सतर्क रहना होगा। चोर तो बहाना हैं, असली मकसद हमारे मनोबल को तोड़ना है। हमें बाड़े, रसद, महिलाओं और बच्चों की सुरक्षा के लिए रात्रि प्रहरी तैनात करने होंगे।"

उन्होंने सबको जिम्मेदारियाँ बांटी —
जवानों की दो-दो की टुकड़ी बनाई गई जो रात भर निगरानी करें, बच्चों और बुजुर्गों के तंबुओं की तरफ अतिरिक्त सुरक्षा और हर रात तंबुओं के इर्द-गिर्द अलाव जलाने का आदेश।

देवा ने नाथा जी के सुझाव पर मुहर लगाई और कहा,
"हम एक हैं। कोई हमें यूं तोड़ नहीं सकता। पर अब हमें हर पल तैयार रहना होगा।"

चोरी की गई कुछ भेड़ें गईं, पर राईकों की एकता और समझदारी ने उन्हें टूटने नहीं दिया।

और उस रात, जब पूरा डेरा चुपचाप सोया, तब दूर कहीं अंधेरे में मालिक काफूर का एक गुप्तचर खड़ा मुस्कुरा रहा था — उसे लगा उसकी पहली चाल चल गई है।

रात्रि की सघन चुप्पी में जैसे कोई शाप घुला हुआ था। सितारे गवाह थे उस अघोषित युद्ध के जो अब शुरू होने वाला था।

देवा, अभी भी नाथा जी के साथ रणनीति पर विचार ही कर रहा था कि अचानक एक तीर उसकी पैरों के पास आकर धँसा। वह चौंका, पर संभला।
"तैयार हो जाओ!" — उसने गूँजती आवाज़ में कहा।

क्षण भर में आकाश तीरों की वर्षा से भर गया। हर दिशा से मौत बरस रही थी — किसी ने सच कहा है, जब हमला होता है तो चेतावनी नहीं देता।

देवा ने ऊँची आवाज़ में पुकारा:

"बच्चों और महिलाओं को तंबुओं में ले जाओ, जवानों अपनी कटारें, लाठियाँ संभालो!"

लेकिन तब तक देर हो चुकी थी। चारों दिशाओं से काफूर की सेना आ चुकी थी। पांच हज़ार से अधिक सैनिकों ने घेरे में ले लिया था। वे सीधे डेरे की ओर बढ़े — बग़ैर चेतावनी, बग़ैर दया। और फिर...

एक चीख के साथ नरसंहार शुरू हुआ।

तलवारें हवा को चीरती रहीं, लाठियाँ टूटती रहीं, खून की बूँदें मिट्टी पर पड़ती रहीं। भेड़-बकरियों के बाड़े को आग के हवाले कर दिया गया, गायें तड़पती रहीं, उनके बछड़े उन्हें ढूंढते रहे।

बच्चों की चीखें, औरतों की पुकारें, बूढ़ों की विनती — सब घुल गई तलवारों की झंकार में।

देवा और नाथा जी ने देखा कि हालात अब युद्ध के नहीं, बचाव के हैं।
देवा ने नाथा जी से कहा,
"अब लड़ने का समय नहीं है। जितना बचा सकें, बचाओ — शिवा को, जतनो को, बच्चों को!"

नाथा जी की आँखें भर आईं, लेकिन वो समझ गए — अभी पीछे हटना ही आगे की रक्षा है।

नाथा जी जतनो, शिवा, और कुछ और बच्चों को लेकर छुपते-छुपाते एक ओर भागे। पर जैसे ही वो भागने लगे, कुछ सैनिक उनका पीछा करने लगे।

देवा ने उन पर इतनी गति और शक्ति से लाठियाँ चलाईं, कि वे वहीं गिर पड़े — हड्डियाँ चटक गईं, लेकिन देवा नहीं रुका।
"भागो! मैं यहीं हूं!" — उसने पुकारा।

नाथा जी भाग निकले, पर तब तक तीजों की आँखों में आँसू थे — उसका मन न माना।
वह पीछे मुड़ी — "मैं उनको को छोड़ नहीं सकती!"

और जैसे ही वह उसकी ओर दौड़ी, एक सुल्तानी सैनिक ने पीछे से तलवार से वार किया।
तीजों गिर पड़ी, रक्त बहता गया — मिट्टी की गोद में।

देवा ने जैसे ही देखा, उसकी सांसें थम गईं। कटार और लाठी उसके हाथ से गिर गईं।
वह दौड़कर तीजों की ओर गया — "तीजो..." — बस इतना ही कह पाया।

वह घुटनों के बल बैठ गया। तीजों का सर अपनी गोद में रखकर फूट-फूट कर रोने लगा।

चारों ओर अब मौत की गूंज थी। सैनिक औरतों को घसीट रहे थे, बच्चों को भालों से भेद रहे थे, बूढ़ों को जला रहे थे।
पशु भी शत्रु बन चुके थे उस दरिंदों की दृष्टि में — गायों के गले काट दिए गए, भेड़ों को आग में धकेल दिया गया।

लाल मिट्टी अब सचमुच लाल हो गई थी — रक्त से।
हर तंबू या तो जला हुआ था, या उजाड़।
हर आँगन जो कभी गीतों से गूंजता था, अब चीखों से भर गया था।

और उस सबके बीच,
एक पुरुष — देवा — निःशब्द बैठा था।
कटार दूर पड़ी थी, पर उसकी आत्मा घायल हो चुकी थी।
"तीजो..." — उसका सिर तीजो के माथे से लगा था, आँखों से आँसू नहीं, लहू बह रहा था।

शत्रु उसे घेर रहे थे, पर उसने कोई प्रतिरोध नहीं किया।
काफूर के सैनिक उस पर टूट पड़े,
पर देवा अब कुछ नहीं था — बस एक टूटी हुई आत्मा, एक जली हुई आशा।

मालवा की वह रात इतिहास में रक्त और करुणा की एक अमिट रेखा छोड़ गई।

4

हम्मीर जंगलों और ऊबड़-खाबड़ घाटियों से होता हुआ जब डूबते सूरज की रोशनी में डेरे की ओर लौटा, तो उसके साथ केवल भेड़ों का झुंड था और मन में संदेह का तूफान।

"इतना दूर भागने के बाद चोरों का भेड़ छोड़ कर गायब हो जाना... ये सामान्य नहीं है..." — उसने अपने साथियों से कहा।

जैसे ही वह डेरे की सीमा में पहुँचा, हवा में कुछ अजीब-सी गंध थी — राख, धुएं और रक्त की गंध।
उसकी चाल धीमी हुई। भेड़ों ने भी कराहती आवाज़ों पर रुकना शुरू कर दिया।

फिर वह दृश्य उसकी आँखों के सामने आया —
तंबू जल कर राख हो चुके थे। पशुओं की अधजली लाशें चारों ओर पड़ी थीं। बच्चों की चप्पलें, महिलाओं की चूड़ियाँ, बुज़ुर्गों की लकड़ी की लाठियाँ — सब कुछ बिखरा पड़ा था।
हर दिशा में केवल मृत्यु की छाया थी।

हम्मीर की साँस थम गई। वह दौड़ पड़ा...
"देवा! तीजो! नाथा जी! जतनो!! शिवा!!" — उसकी चीख़ें हवा में गूंजने लगीं,
लेकिन उत्तर में केवल सन्नाटा था।

फिर अचानक, उसकी नजर एक रक्तरंजित देह पर पड़ी — तीजो।

वह दौड़ता हुआ उसके पास आया, घुटनों के बल गिरा और तीजो का चेहरा अपनी गोद में लिया —
वही बहन जिसके साथ उसने बचपन में खेला था, हँसी बाँटी थी, वचन लिया था कि उसकी रक्षा करेगा।

अब वह निःशब्द थी —
मृत और शांत।

हम्मीर का गला भर आया। उसकी आँखों से आँसू की धार बहने लगी।
"बहन... तीजो... मुझसे देर हो गई..." — उसके स्वर में इतना दर्द था कि हवा भी थरथरा
गई।

उसके पास पड़ा था देवा का टूटा भाला, और वहीं गिरे थे कुछ राजसी बाण — खिलजी सेना
के बाण।
जमीन पर तलवारों की धार, घोड़ों की नालों के निशान — सब कुछ कह रहे थे कि यहाँ क्या
हुआ है।

हम्मीर ने शिवा को बहुत ढूँढा — हर एक शव के बीच, हर झोपड़ी के अवशेष में, लेकिन वह
नहीं मिला।
देवा भी नहीं मिला, जतनो, नाथा जी — कोई नहीं।

उसे एक ख्याल आया —
"क्या... क्या शिवा को खिलजी की सेना अपने साथ ले गई?"
उसकी मुट्ठियाँ भींच गईं, हृदय काँप उठा।
"नहीं... नहीं... अगर उसे छुआ भी होगा, तो अब मेरी तलवार उनका न्याय करेगी..."
उसे नही पता था की जतनो, शिवा और बाकी बच्चो को नाथा जी निकाल चुके है। शायद देवा
के शव को काफुर अपने साथ दिल्ली ले गया है।

हम्मीर ने अपने बचे हुए साथियों को एकत्र किया।
सभी की आँखें नम थीं, चेहरों पर आक्रोश था।

उसने कहा —
"हम एक अंतिम कर्तव्य निभाएँगे — इन वीरों को सम्मान दें... फिर इनकी अग्नि की साक्षी में
वचन लेंगे..."

चारों तरफ लकड़ियाँ इकट्ठी की गईं, एक-एक शव को ससम्मान अग्नि को समर्पित किया
गया।
हम्मीर ने तीजो को स्वयं अग्नि दी।

ज्यों ही अग्नि की लपटें उठीं, हम्मीर ने तीजो की ओर देखा और फिर आकाश की ओर —
उसके हाथ में देवा की टूटी कटार थी।

उसने कहा —
"इस राख की कसम... इन निर्दोषों की अस्थियों की कसम... शिवा का हर आँसू, हर चीख
अब तलवार बनेगा... अलाउद्दीन खिलजी, तेरे सम्राज्य की नींव अब काँपने वाली है... ये

प्रतिशोध अब इतिहास बनेगा!"

अग्नि की लपटों में उसकी प्रतिज्ञा गूंज रही थी — एक नया युद्ध जन्म ले चुका था।

सिरोही की ओर लौटते समय हम्मीर के कदम भारी थे।
हर मोड़ पर, हर डाल पर तीजों की हँसी गूंजती प्रतीत होती, और हर झोंके में देवा की आवाज़।
उसका मन आत्मग्लानि से भरा था।
"मैं भेड़ें बचाने गया था, और अपनी बहन... अपने भाई को खो बैठा... अब क्या मुँह लेकर जाऊँगा रणछोड़ जी के पास..."
उसकी आँखें बार-बार छलक पड़तीं।
लेकिन वही प्रतिशोध की आग भी उसे आगे बढ़ा रही थी।

5

उधर सिरोही राज्य की सीमा के समीप,
नाथा जी, जतनो और कुछ अन्य बचे हुए राईका जन थके, भूखे और टूटे हुए चल रहे थे।
छोटा शिवा बुखार से तप रहा था।
कुछ अन्य बच्चे भी बेहोशी की हालत में थे।

नाथा जी ने दूर एक पहाड़ी ढलान पर बसे गरासिया समुदाय का ठिकाना देखा।
वे जैसे-तैसे वहाँ पहुँचे और गरासियों से सहायता मांगी।
गरासियों ने जब नाथा जी का नाम और जतनो का परिचय सुना, तो वे स्तब्ध रह गए।

"ये तो सांबड़ के रणछोड़ जी के लोग हैं... जिन्होंने हमारी भूमि पर कभी अन्याय नहीं होने दिया...,"
— कहकर गरासियों ने तुरंत छाया, औषधि, जल और भोजन की व्यवस्था की।

जतनो छोटे शिवा को अपनी गोद में लिए बैठी थी। उसका आँचल पसीने और आँसुओं से भीग चुका था।

गरासियों ने अपने दूतों से सारणवा और सिरोही में संदेश भेजे —
"नाथा जी, जतनो, और शिवा जीवित हैं — वे राज्य सीमा पर हैं।"

सारणवा में जैसे ही संदेश पहुँचा,
रणछोड़ जी घोड़े पर सवार हो तुरंत चल पड़े।
उनके साथ चावड़ा, खाटाणा, भीम और पेवाला के प्रमुख भी थे।

जब वे वहाँ पहुँचे —
नाथा जी ने आगे बढ़कर हाथ जोड़ दिए।
रणछोड़ जी ने उनकी आँखों में देखा... आँसू, दुख और थकान।

फिर उन्होंने जतनो को देखा...

89

जतनो, जो अब तक खुद को मजबूत बनाए हुए थी,
अपने पिता को देखते ही फूट पड़ी।
"बापू.. बापू.." — कहकर वह दौड़ कर रणछोड़ जी के सीने से लग गई।

वह फूट-फूटकर रो रही थी।
"बापू... देवा... तीजो... सब चले गए... सब..."

रणछोड़ जी ने उसकी पीठ पर हाथ रखा, लेकिन स्वयं भी स्वयं को नहीं संभाल पाए।
उस वीर पिता की आँखों से अश्रुधारा फूट पड़ी।

"देवा... तीजो...."
वह धरती पर घुटनों के बल गिर पड़े।
"हे महादेव... क्यों... क्यों ले लिए तूने मेरे प्राण...!"

गेरकी, जो पीछे से आई थी, अपने पति की यह दशा देख संभल नहीं पाई। उसने सिर की
चूनर हटाकर आसमान की ओर देखा —
"हे भोलेनाथ... ये कैसी परीक्षा ली तूने...?"

पूरा सरणवा शोक में डूब गया।
वृक्षों की शाखाएँ जैसे नीचे झुक गई हों।
पक्षी चुप थे। हवा स्थिर थी। सूर्य भी बादलों में छुप गया था।
मानो पूरी प्रकृति मातम मना रही हो।

नाथा जी ने सबको बिठाया और पूरा घटनाक्रम बताया।
कैसे काफुर की सेना चोर बन कर आई,
कैसे हमला हुआ,
कैसे देवा ने अपने प्राणों की आहुति दी,
कैसे तीजो तड़प कर मरी,
कैसे जतनो और वह शिवा को बचाकर भागे।

प्रत्येक शब्द के साथ आँसुओं की धार और प्रतिशोध की ज्वाला सभी की आँखों में चमकने
लगी। सभी कबीले प्रमुखों ने एक स्वर में कहा — "अब यह खून का ऋण है... ये हिसाब पूरा
होगा।"

रणछोड़ जी ने हाथ में धूल उठाई, आसमान की ओर उछाली और कहा —
"मैं रणछोड़... अपने बेटे के रक्त की कसम खाता हूँ... ये खिलजी अब सुरक्षित नहीं रहेगा...!"

छोटा शिवा उस समय जतनो की गोद में बेहोश था —
लेकिन उसका नाम ही अब प्रतिशोध की अग्नि बन चुका था।

6

कई दिनों की व्यथा, क्लेश और आत्मग्लानि के बोझ के साथ जब हम्मीर राईका कबीले में

पहुंचा, तो उसके कदम डगमगा रहे थे।
जैसे ही वह सिरोही की धरती पर उतरा, उसके चेहरे पर मिश्रित भावनाओं की छाया थी —
शोक, अपराधबोध, और शेष बचे अपने प्रियजनों को देखने की एक हल्की सी उम्मीद।

सबसे पहले वह अपने पिता लक्ष्मण जी चावड़ा के पास गया।
जैसे ही उसने उन्हें देखा, भाग कर उनके गले लग गया और बच्चे की तरह बिलख-बिलख कर रोने लगा।
"बापू... मैं बचा लाया भेड़ें... लेकिन बहन... बहन को नहीं बचा सका... देवा को नहीं बचा सका..."

लक्ष्मण जी ने अपने पुत्र के सिर पर हाथ फेरा।
"हम्मीर..." इतना कहकर वे फूट पड़े। लेकिन उनके शब्दों में भी टूटन थी, और आँखें पुरानी यादों में डूबी हुई थीं।

इसके बाद हम्मीर सीधे रणछोड़ जी के घर पहुँचा।
वहां का वातावरण भारी था। आँगन की चहल-पहल अब सन्नाटे में बदल चुकी थी।
जहाँ पहले तीजो की हँसी और देवा की गूंज सुनाई देती थी, अब वहां मौन और आंसुओं की गंध थी।

जतनो चौकी पर बैठी थी, उसकी गोद में छोटा शिवा था। शिवा अब भी अस्वस्थ था, लेकिन शांत था।
हम्मीर ने जैसे ही जतनो और शिवा को देखा, तो एक गहरी साँस ली...
उसकी आंखों से फिर आंसू बह निकले।
उसने शिवा का माथा चूमा और जतनो के सामने नतमस्तक हो गया।

"माफ कर देना जतनों... मुझसे बड़ी भूल हो गई..."
जतनो ने कुछ नहीं कहा। बस उसकी आंखों से बहते आँसू ही उसका उत्तर थे।

फिर हम्मीर रणछोड़ जी के पास गया।
वे एक कोने में चुपचाप बैठे थे। उनका चेहरा बुझा हुआ था —
वो रणछोड़ जी जो कभी कबीले की शान थे,
आज वे शोक का जीवंत प्रतीक बने बैठे थे।

हम्मीर उनके पैरों में गिर पड़ा।
"बाबा... मैं... मैं उसे अकेला छोड़ आया... मुझे माफ कर दो..."

रणछोड़ जी कुछ क्षण चुप रहे।
फिर उन्होंने हम्मीर को उठाकर सीने से लगाया।

लेकिन उसी क्षण उनका गुस्सा फूट पड़ा —
"हम्मीर! तू ही तो उसका कवच था... तू क्यों गया उसे छोड़कर? अगर तू होता... तो मेरा

देवा... मेरी तीजो... आज जीवित होते!"

फिर वे खुद पर नियंत्रण नहीं रख सके और धरती पर बैठ कर रोने लगे।
"हे भगवान... मेरे बेटे को मुझसे क्यों छीना... मेरी बहू... मेरी बेटी जैसी बहू...!"

गेरकी भी वहीं बैठी थी, अपनी ओढ़नी से बार-बार आँसू पोंछती।
"म्हारो घर उजड़ गयो... सब थांरी मर्जी थी प्रभु..."

उसी समय महाराव विजयराज वहाँ पहुंचे। उन्हें जैसे ही घटना का संपूर्ण विवरण मिला,
वे स्वयं उस परिवार को सांत्वना देने आए।

उन्होंने रणछोड़ जी का हाथ थामा —
"रणछोड़ जी... आप अकेले नहीं हैं। यह सिरोही राज्य का क्षय है।
आपका बेटा मेरा भी बेटा था। और अब उस बलिदान का उत्तर खिलजी को मिलेगा।"

पूरा घर अब विलाप और मौन के बीच डूबा हुआ था।
जहाँ कभी सुबह पशुओं की घंटियों की आवाज होती थी,
अब वहां केवल शोक की साँसें, रूदन की ध्वनियाँ और टूटे हुए सपनों की चुप्पी थी।

देवा का कमरा अब खाली पड़ा था। उसकी लाठी एक कोने में टिक कर जैसे अपने स्वामी
को पुकार रही थी। तीजो की सूती चुनर अब एक संदूक में रख दी गई थी,
लेकिन उसकी खुशबू अब भी दीवारों में बसी थी।

रणछोड़ जी के घर में एक शून्यता छा गई थी — एक ऐसा खालीपन जो शब्दों से परे था। न
केवल उनके घर में, बल्कि पूरे राईका समाज में,एक चुप-सी आग सुलग रही थी ।

अध्याय 10 : बिखराव

1

मालवा से लौटने के बाद पूरे राइका समाज पर शोक की गाढ़ी परत छाई हुई थी। कोई भी कबीला ऐसा न बचा था जिसने अपना कोई बालक, स्त्री या वृद्ध न खोया हो। सिरोही की सरहद पर बसे हुए आश्रय शिविरों में चूल्हे तो जलने लगे थे, पर मनों में अब भी राख थी।

शुरू-शुरू में सब मौन थे। शोक में डूबे हुए, एक-दूसरे को देख कर बस सिर हिलाते। लेकिन वक्त के साथ-साथ ये मौन टूटने लगा। और जहां मौन टूटता है, वहां सवाल जन्म लेते हैं।

एक शाम वेराणा कबीले के कुछ युवक बाड़ी के पास बैठे थे। उनमें से एक, किशन जी का बेटा कमरा बोला:

"क्या हमारी मांओं की गोदें खाली नहीं हुई? लेकिन सब जगह बस देवा, तीजो और रणछोड़ जी की बातें होती हैं। क्या हमारे लोग कम अहम थे?"

दूसरे ने कहा:
"जब हमला हुआ, सबसे पहले शिवा को बचाया गया... हमारे छोटे भाई तो वहीं मिट्टी में लोटते रहे। क्या हमारे बच्चों का कोई मोल नहीं?"

ऐसे ही सवाल भीम कबीले, भारका कबीले, और पेवाला में उठने लगे।
हर नुक्कड़, हर बाड़ी, हर चबूतरे पर धीरे-धीरे ये बात फैलने लगी।

कबीले प्रमुखों पर दबाव
अब लोग अपने-अपने कबीले प्रमुखों से सवाल करने लगे।
गमना जी (सावदारिया):
उनके सामने कुछ माताएं आईं, जिनके बेटे मारे गए थे। उन्होंने पूछा:
"हमारे बच्चे अगर रणछोड़ जी के नहीं थे, तो क्या उनके जीवन की कोई कीमत नहीं?"

रामजी (खाटाणा प्रमुख):
उन्होंने देखा कि उनके युवा अब विद्रोह के स्वर में बात करने लगे हैं।
"अब हम किसी के पीछे-पीछे नहीं चलेंगे। देवा की जिद में हम सबने अपना खून खोया है।"

बातें अब सीधे रणछोड़ जी के परिवार की ओर उठने लगी थीं।
"देवा ने मालवा चलने की जिद की थी।"
"हम्मीर अगर पीछा करने न गया होता तो शायद बचा पाता।"
"नाथा जी ने पहले अपने को बचाया।"

और सबसे कटु बात जो कई जगह कही जाने लगी:
"सारे फैसले चावड़ा और सांबड़ कबीले के लोग करते हैं, बाकी तो बस पीछे चलते हैं।"

93

अब जब भी किसी सभा या मुलाकात का आयोजन होता, वहाँ गुपचुप नहीं बल्कि खुले तौर पर असहमति होने लगी।

कोई बात करता, तो दूसरा बीच में टोक देता।
कबीले अब एक-दूसरे को शक की नजर से देखने लगे।

युवा, जो पहले एक-दूसरे के भाई जैसे थे, अब दूरी बनाने लगे।

रणछोड़ जी को यह सब सुनाई दे रहा था — कभी कोई बुजुर्ग बातों में कह देता, कभी कोई स्त्री दबी जुबान में बोल देती।
वे अब मौन थे, लेकिन उनके भीतर मानो एक चट्टान टूट रही थी।
"क्या मेरा बेटा केवल मेरा बेटा था?" "क्या तीजों की शहादत राईका एकता की मिसाल नहीं थी?"

लेकिन वे जानते थे — एक बार विश्वास दरक जाए तो शब्द मरहम नहीं बनते।

अंतिम स्थिति: एकता की जड़ें हिलने लगी थीं
अब नौ कबीले पहले जैसे नहीं रहे:
एक-दूसरे के फैसलों पर भरोसा टूट चुका था।
सहानुभूति की जगह कटाक्ष और प्रश्नों ने ले ली थी।

और सबसे दुखद — संयुक्त दुख अब सबको जोड़ नहीं पा रहा था, बल्कि तोड़ने लगा था।
यह थी फूट की शुरुआत। मालवा में बहा खून अब राईका समाज की नसों में कड़वाहट बनकर दौड़ने लगा था।

2

वसंत की हल्की हवा चल रही थी, लेकिन सारणवा के मैदान में माहौल भारी था। राईका समाज के नौ कबीलों के प्रमुख — रणछोड़ जी, लक्ष्मण जी चावड़ा, गमना जी, रामजी, किशनजी, थानाजी, स्वरूपजी, जगरूपजी और मोतीजी — एक गोल घेरे में बैठे थे।

उनके पीछे-पीछे उनके-उनके कबीले के सैकड़ों युवक, स्त्रियाँ और बुजुर्ग भी आकर एकत्र हो गए थे। सबकी आंखों में अब शोक की जगह प्रश्न और क्रोध था।

रणछोड़ जी सभा की अध्यक्षता कर रहे थे। उनका चेहरा बुझा हुआ था, पर आंखों में अब भी एक पिता और मार्गदर्शक का तेज बचा हुआ था।

सभा की शुरुआत मौन से हुई। कोई कुछ बोल नहीं रहा था। फिर नाथा जी ने खड़े होकर मालवा की घटना का संक्षिप्त वर्णन किया और कहा:
"हम सबने अपने खून का रंग एक-सा बहते देखा है। पर अब दिलों के रंग अलग क्यों हो रहे हैं?"

लेकिन नाथा जी की यह भावना सभा में बैठे युवाओं के अंदर की आग को नहीं बुझा सकी।

वेराणा कबीले का एक युवा खड़ा हुआ और बोला:
"हमारे छोटे भाई वहीं मारे गए... और यहां सिर्फ देवा और तीजो के गीत गाए जा रहे हैं।"

एक और युवक, भीम कबीले से:
"रणछोड़ जी को हम पूजते हैं, पर जब मालवा जाने का फैसला हुआ था, क्या हमारे बुजुर्गों से पूछा गया था?"

सभा में फुसफुसाहटें गड़गड़ाहट में बदलने लगीं। कई युवाओं ने रणछोड़ जी पर उंगली उठाई। कुछ ने कहा कि निर्णय परिवारवाद से ग्रसित था, कुछ ने ये तक कह डाला कि चावड़ा और सांबड़ कबीले बाकी सब पर हावी रहते हैं।

लक्ष्मण जी, रामजी, गमना जी — सभी प्रमुख रणछोड़ जी का आदर करते थे। पर जब उनके युवा गुस्से में खड़े होकर सवाल पूछते, तो उनके होंठ सिल जाते। वे जानते थे कि अगर उन्होंने युवाओं को रोका, तो कबीले में विद्रोह और बढ़ जाएगा।

रणछोड़ जी ने शांत स्वर में कहा:
"अगर देवा ने निर्णय लिया, तो वह केवल मेरा पुत्र नहीं था — वह तुम सबका रक्षक था। उसने कोई स्वार्थ नहीं देखा... केवल सिरोही और शिवा को देखा।"

लेकिन अब बात समझ की नहीं, आहत स्वाभिमान और व्यक्तिगत क्षति की हो गई थी।

सभा में कई घंटे बीते। बातों से बहस, और बहस से आरोपों में बदलाव आया।
फिर एक-एक कर प्रमुखों ने खड़े होकर कहा:

रामजी (खाटाणा):
"हम रणछोड़ जी को आदर देते हैं, पर अब कबीले की आत्मा फूट रही है। हमें थोड़े समय के लिए अलग होना पड़ेगा।"

गमना जी (सावदारिया):
"एकता जब बोझ बन जाए, तब उससे मुक्ति लेना ही बुद्धिमानी है।"

किशनजी (वेराणा):
"हम सरणवा छोड़ रहे हैं, लेकिन इसका अर्थ रणछोड़ जी से विद्रोह नहीं, केवल आत्म-सम्मान की खोज है।"

रणछोड़ जी बस सुनते रहे। उनकी आंखों में आंसू थे, लेकिन चेहरा शांत। उन्होंने उठकर कहा:

"यदि तुम सबका बिछुड़ना ही समय की मांग है, तो जाओ... लेकिन याद रखना, जो रेत एक बार बिखरती है, वह फिर कभी मूरत नहीं बनती।"

गेरकी, जो सभा में एक कोने में बैठी थी, रो रही थी। जतनो छोटे शिवा को गोद में लिए मौन बैठी रही। हम्मीर दूर एक पेड़ के नीचे खड़ा, इस टूटती एकता को देख रहा था — और उसके भीतर की लौ एक और प्रतिज्ञा के लिए जल उठी थी।

3

सारणवा की वो सुबह, किसी उत्सव की तरह नहीं — एक अंतिम यात्रा की तरह थी। आकाश में हलकी धुंध थी, और धरती पर एक ऐसी खामोशी पसरी हुई थी, जो आने वाले वियोग को पहले ही महसूस कर चुकी थी। राइकों के आठों कबीले अब सरणवा छोड़ने की तैयारी में थे।

गाँव के हर कोने में सरकंडों से बंधे लुगड़े, गोद में छोटे बच्चे, और बुजुर्गों की भारी आंखें — एक शोकाकुल पलायन की गवाही दे रही थीं।

लक्ष्मण जी चावड़ा, जो कभी रणछोड़ जी के साथ राईका समाज के सबसे मजबूत स्तंभ माने जाते थे, अब भारी मन से उनके घर आए।
रणछोड़ जी दरवाजे पर बैठे थे, उनका चेहरा जैसे समय से थक गया हो। लक्ष्मण जी कुछ क्षण मौन खड़े रहे, फिर धीरे से बोले:

"रणछोड़, हम जा रहे हैं... चावड़ा कबीला अब सरणवा छोड़ रहा है।"

रणछोड़ जी ने उन्हें देखा, पर कुछ नहीं कहा। उनकी आंखों में वो मौन था जो स्वीकृति भी थी और वेदना भी।
लक्ष्मण जी की आंखें भर आईं:

"हमने साथ जिया, साथ लड़ा... अब अलग हो रहे हैं। शायद नियति ही हमें दोबारा मिला पाए।"

रणछोड़ जी ने धीरे से सिर हिलाया। दोनों ने एक-दूसरे के कंधे पर हाथ रखा। ये विदा दो योद्धाओं की नहीं, बल्कि दो पीढ़ियों की साझी विरासत की बिदाई थी।

सभा में हलचल थी, सब कबीले चलने को तैयार थे। हम्मीर, अपने चावड़ा कबीले के साथ विदा लेने को खड़ा था। उसका मन रणछोड़ जी और गेरकी के पास, पर शरीर कबीले के साथ खड़ा था।

जब वह चलने लगा, तो उसकी आंखें जतनों की तलाश में भटकने लगीं। दूर एक छायादार नीम के नीचे, जतनों छोटे शिवा को गोद में लिए खड़ी थी।

दोनों की आंखें मिलीं। कोई शब्द नहीं, कोई इशारा नहीं। पर वह मौन इतना भारी था कि हवा भी थम गई।

उनकी आंखों में अदृश्य कसम थी —
"जब तक राईका समाज फिर एक न हो जाए, हम विवाह नहीं करेंगे।"

ये प्रेम नहीं था केवल — यह कर्तव्य, प्रतिज्ञा और इतिहास की जिम्मेदारी थी।

कबीले एक-एक करके सरणवा से निकलने लगे।
किसी के कांधों पर बुजुर्ग, किसी के हाथ में लाल झोली में पूर्वजों की राख।
कभी एक स्त्री पीछे मुड़कर देखती, कभी कोई बच्चा सरणवा की मिट्टी को मुट्ठी में भर लेता।
सारणवा के रास्ते अब पलायन की पदचापों से भर चुके थे।

गेरकी घर के दरवाजे पर खड़ी देख रही थी — हर जाती छाया में उसे तीजो और देवा की याद दिखाई देती।

रणछोड़ जी चुपचाप खड़े थे — ना रो रहे थे, ना बोल रहे थे।
पर भीतर उनके मन में राईका समाज की एकता के छिन्न-भिन्न होने की गूंज गूंज रही थी।

जब ये खबर सिरोही दरबार पहुंची, महाराव विजयराज चुप हो गए।
दरबार में कुछ दरबारियों ने कहा, "राजा जी, क्या कोई हस्तक्षेप करना चाहिए?"

महाराव ने लंबी सांस लेते हुए कहा:
"नहीं... राइकों के बीच का यह दर्द उनका अपना है। पर याद रखना — इस बिखराव से अगर किसी को सबसे बड़ा नुकसान हुआ है, तो वह सिरोही है। क्योंकि जब राईका एक थे, तब दुश्मन कांपता था। अब... शत्रु हँसेगा और हम रोएंगे।"

एक दिन पहले जो गांव सामूहिक भोजन की थाली जैसा था, अब खाली थाली रह गया था।
राईका समाज, जो कभी अपने नौ रंगों में चमकता था, अब अपनी चमक खो चुका था।

शिवा, जो अभी कुछ ही महीने का था, अपने पिता की चिता की राख को अनजाने में स्पर्श करता, और आकाश की ओर देखता — जैसे समय उससे कुछ कह रहा हो।

सारणवा की धरती पर जिस दिन राइकों के आठों कबीले एक-एक करके विदा हुए, वो दिन केवल बिछड़ने का नहीं, एक इतिहास की जड़ से टूटने का दिन था।

जिस समाज ने एक साथ रणभूमि में दुश्मनों को धूल चटाई थी, जिसकी एकता ही उसकी शक्ति थी, आज वही समाज अपनी पीड़ा में अकेला हो गया।

हर कबीला, अपने दुःख, अपने मृतकों की याद और अपनी टूटी आशाओं को समेटे, अलग-अलग दिशाओं की ओर चल पड़ा — जैसे कोई टूटा हुआ शीशा, जो अब दोबारा कभी वैसा नहीं जुड़ पाएगा।

हम्मीर, लक्ष्मण जी चावड़ा और उनके लोग, अंततः सादड़ी की ओर बढ़े।
सादड़ी, जो मेवाड़ और मारवाड़ की सीमाओं पर था — एक शांत पर सुरक्षित स्थान।
यहाँ उन्होंने अपने नए जीवन की नींव रखी, पर हर दीवार की ईंट में तीजो और देवा की स्मृति थी।

हम्मीर का मन अक्सर सारणवा की ओर लौटता, जहां उसका हृदय टुकड़ों में पड़ा था।

थानाजी अपने पेवाला कबीले को लेकर पश्चिम की ओर जोधपुर की तरफ चल दिए। रेगिस्तान की तपती हवाओं में वे उस प्रतिशोध की आग को दबाए ले जा रहे थे, जिसे वे कभी उजागर नहीं कर सके।
जोधपुर में बसते हुए भी, उनकी हर लोककथा में सारणवा और खिलजी की गाथा किसी दुखद गीत की तरह बस गई।

रामजी खाटाणा का कबीला उत्तर की ओर बागोड़ा की तरफ गया। यहाँ के जंगलों में उन्होंने अपने पशुपालन और पारंपरिक जीवन को फिर जीवित करने की कोशिश की, पर उनका मन अब किसी रण की गर्जना नहीं कर सका।
बागोड़ा की पहाड़ियों ने उनके वियोग और निस्तेज प्रतिशोध की चुप्पी को सहेजा।

किशनजी वेराणा के साथ सांचौर पहुँचे।
यहाँ की सीमा पर, जहाँ रेगिस्तान और सभ्यता मिलते हैं, उन्होंने अपना डेरा डाला।
पर उनके वृद्धों की कहानियों में बार-बार देवा, हम्मीर और रणछोड़ जी लौट आते — मानो अतीत ने पीछा नहीं छोड़ा।

मोतीजी भारका का कबीला सिणधरी की ओर गया।
यहाँ की मिट्टी में उन्होंने खुद को बसाया, पर हर शाम जब सूर्य ढलता, तो उनके बुजुर्ग सारणवा की छाया में विलीन होते दिखाई देते।
उनके गीत अब शौर्य से अधिक वियोग और पछतावे से भरे थे।

गमना जी सावदारिया, अपने कबीले को लेकर गुजरात की ओर बढ़े। सिद्धपुर और महेसाणा, जो राइकों की पुरानी स्मृतियों से भी जुड़ा था, वहीँ उन्होंने नया ठिकाना बनाया। यहाँ उन्होंने समाज सेवा और कृषि को अपनाया, पर हर गुफा, मंदिर और नदी किनारे सारणवा की बातें गूंजती रहीं।

स्वरूपजी, भीम कबीले को लेकर डूंगरपुर की घनी घाटियों में पहुँचे। यहाँ आदिवासी संस्कृति के बीच उन्होंने समायोजन किया। डूंगरपुर की शांत वादियों में प्रतिशोध की आग अब धुआ बनकर रह गई।

जगरूपजी चेलाणा, अपने कबीले को लेकर सोजत की उपजाऊ धरती की ओर गए। यहाँ महेंदी की खुशबू थी, पर उनके मन में अब भी खिलजी की गंध थी। उनका जीवन बदल गया, पर इतिहास की रेखाएं उनकी स्मृति से कभी नहीं मिटीं।

जब राईका कबीले सामूहिक रूप से संगठित थे, तब उनके दिलों में खिलजी के खिलाफ प्रतिशोध की आग धधक रही थी। पर अब वे बिखर चुके थे — दिशाओं में, संस्कृतियों में और भाषाओं में। हर कबीला अब अपनी पीड़ा में सिमट गया था। और उस आग का ताप अब केवल कहानियों में बचा था।

"जब अंगार एक हो तो ज्वाला बनती है, जब अलग हो जाएं तो राख में बदल जाते हैं।"

राईकों की प्रतिज्ञा, जो देवा और हम्मीर ने ली थी, अब केवल कुछ दिलों में धड़क रही थी —
जैसे राख में बची एक चिंगारी...
जिसे कभी कोई शिवा फिर हवा दे, तो इतिहास फिर जले।

राईकों की एकता, जो कभी जैसलमेर से चली थी और सिरोही के सरणवा तक पहुँची थी,
अब बिखर चुकी थी। रणछोड़ जी की आँखों के सामने वर्षों की तपस्या, बलिदान और
संगठन—एक क्षण में धूल हो गया था। जैसे ही अंतिम काफिला सरणवा छोड़ गया, एक सूनी
हवाओं ने उस वीर भूमि को घेर लिया।

4

इस विभाजन की खबर जब अलाउद्दीन खिलजी तक पहुँची, तो उसके होंठों पर एक कुटिल
मुस्कान फैल गई। उसके दरबार में उत्सव जैसा माहौल बन गया। उसने दरबार में घोषणा
की—"अब हिन्द के पर्वतों से एक और काँटा हट गया।" मगर उसकी नज़र अब भी उस
"दिव्य वस्तु" पर थी, जो उसके हाथ से निकलकर कहीं लुप्त हो गया था।

1303 ईस्वी के आसपास खिलजी की दृष्टि मेवाड़ की ओर मुड़ी। रणथंभौर और चित्तौड़ जैसे
दुर्ग उसके लिए हिन्दुस्तान की छाती में गड़े काँटे थे। उसने अनुमान लगाया कि कहीं वह
दिव्य वस्तु इन्हीं राज्यों में न छिपा दी गई हो।

उस समय मेवाड़ पर राजा रतन सिंह शासन कर रहे थे, जिनका नाम इतिहास में पद्मावती
के कारण भी अमर हुआ। खिलजी ने चित्तौड़ पर चढ़ाई की, लेकिन वह युद्ध राईकों से अलग
नहीं था—क्योंकि चित्तौड़ में लड़ रहे बहुत से सैनिक उन्हीं क्षेत्रों से थे जहाँ बिखरे हुए राइका
कबीले अब जाकर बसे थे।

चित्तौड़ युद्ध में रानी पद्मिनी और अनेक वीरांगनाओं ने जौहर कर, खिलजी के सपनों को
राख में बदल दिया। मगर खिलजी ने चित्तौड़ को जीत तो लिया, पर उसका मनोबल कभी
भी स्थायी नहीं हुआ।

चित्तौड़ के बाद खिलजी की निगाह सिवाना पर पड़ी। सिवाना वह दुर्ग था जहाँ वीर सातल
देव ने किला सम्भाला था। वह क्षेत्र राइकों के पुराने संपर्क में रहा था। सिवाना के किले ने
खिलजी की सेना को कई वर्षों तक रोके रखा।

1308 ईस्वी में जब सिवाना गिरा, तब भी कई राईका योद्धा, जो वहाँ शरणार्थी के रूप में पहुँचे
थे, अंतिम क्षण तक लड़ते रहे। यह युद्ध इस बात का प्रमाण था कि राईका रक्त अभी पूरी
तरह ठंडा नहीं हुआ था—वो अलग बात है कि वे अब किसी एक झंडे तले नहीं थे।

सिवाना के बाद खिलजी ने जालोर पर चढ़ाई की। यहाँ कान्हड़देव और उनका पुत्र वीरमदेव
लड़ रहे थे। यह वही वीरमदेव था, जिसकी रणनीति से पहले राईकों ने खिलजी की एक सेना
को हराया था।

99

यह युद्ध 1311 में हुआ और इतना भयानक था कि पूरे राजस्थान में मातम छा गया। जालोर का पतन भी एक तरह से राइकों के पुराने वैभव का पतन था। राइकों की एक छाया हर युद्ध में दिख रही थी—कभी गुप्तचरों के माध्यम से, कभी जनबल के रूप में।

इन सभी युद्धों के बीच खिलजी ने अपने गुप्तचरों को सक्रिय रखा। सिवाना, जालोर, मेवाड़— हर जगह उसने एक ही चीज़ खोजी: वह "दिव्य वस्तु" जो कहीं न कही राजपुताने और गुजरात की सीमा के पास होने की संभावना थी।

उसने साधु वेशधारी गुप्तचरों, व्यापारियों और संन्यासियों की शक्ल में अपने तंत्र को राजस्थान, गुजरात और मालवा में फैला दिया। लेकिन अभी तक उसे उस दिव्य वस्तु की प्राप्ति तो दूर कोई जानकारी भी हाथ नहीं लगी थी।

राईकों का बिखराव केवल भौगोलिक नहीं था, वह एकता, जो कभी हर कबीले की रगों में प्रतिशोध की आग बनकर दौड़ती थी, अब सिर्फ राख बन चुकी थी।

चावड़ा सादड़ी में बस गए, व्यापार और खेती में लग गए।
पेवाला जोधपुर में स्थानीय राजाओं के अधीन हो गए।
खाटाणा बागोड़ा की वीरान पहाड़ियों में अपने चरागाहों के लिए बस गए।
वेराणा सांचौर में गोधन के व्यापारी बन गए।
भारका, सावदारिया, भीम, और चेलाणा अपने-अपने क्षेत्रों में अस्तित्व के संघर्ष में लगे रहे।

रणछोड़ जी की आँखों में अब भी प्रतिशोध की एक चिंगारी थी, लेकिन उनकी उम्र और परिस्थितियाँ उन्हें रोकती थीं। शिवा अभी बहुत छोटा था। जतनों और नाथा जी उसे भविष्य के प्रतीक के रूप में देख रहे थे।

खिलजी ने युद्ध तो जीत लिए थे, लेकिन जो समाज कभी उसकी आँखों में आँखें डालकर लड़ता था, अब बिखर कर मौन हो चुका था। फिर भी, कुछ मौन प्रतिज्ञाएँ थीं जो ज़िंदा रहीं— जैसे हम्मीर और जतनों की, जैसे रणछोड़ जी के हृदय की पीड़ा, जैसे शिवा की आँखों में जलती जिज्ञासा।

ये प्रतिज्ञाएँ इतिहास की गहराइयों में जीवित रहीं—जैसे एक बीज, जो एक दिन फिर से फूटेगा।

अध्याय 11 : समय चक्र

1

सन् 1315 की देवझूलनी एकादशी की रात्रि,

सारणवा की रात अब शांत थी। देवझूलनी एकादशी का उत्सव समाप्त हो चुका था। मंदिर की मणियों की झिलमिलाहट अब मंद पड़ चुकी थी, और हवाओं में अब भजन की जगह रहस्यमय मौन था।

रणछोड़ जी, जिनकी पीठ अब समय से झुक चुकी थी, और नाथा जी, जिनकी आंखों में वर्षों का अनुभव था, बरगद के नीचे चुपचाप बैठे थे।

शिवा, मात्र 20 वर्ष का, उनके सामने बैठा था।
उसकी आंखों में सवाल थे, लेकिन स्वर मौन था।
तभी नाथा जी ने गहरी सांस लेते हुए कहा:

"अब तेरा वक्त आ गया है जानने का, कि तू कौन है... और क्यों सिरोही की माटी में तेरा जन्म हुआ।"

एक अतीत जो रक्त से लिखा गया था
धीरे-धीरे रणछोड़ जी और नाथा जी ने बीते 145 वर्षों का इतिहास,
रैकवासा से लेकर सरणवा तक,
देवा से लेकर हम्मीर, जतनो, और अंततः बिखरे राइकों तक,
एक-एक कर शिवा के सामने खोलना शुरू किया।

शिवा ने सुना कि कैसे उसका जन्म रणों की राख पर हुआ था,
कैसे उसके पिता देवा, माँ तीजो, और न जाने कितने निर्दोष राईका उस मालवा के नरसंहार में बलि चढ़ गए थे।

"तेरे पिता ने तुझे बचाने के लिए अपनी जान दी, शिवा।
तेरी माँ तेरे जन्म के कुछ ही महीनों बाद चली गई... और जतनों, जो तेरी बुआ है, वो आज भी विवाह से दूर है क्योंकि उसने तुझे माँ की तरह पाला है..."

जब नाथा जी ने कहा कि कैसे उन्होंने जतनो, तीजो और नवजात शिवा को मौत के मुँह से निकाल कर सिरोही तक लाया, तो रणछोड़ जी की आंखें भर आईं।

शिवा के भीतर तूफान उठ चुका था।
उसका सीना फड़क रहा था — क्रोध से, पीड़ा से, और एक अजीब सी जिम्मेदारी के भार से।
उसकी आँखें भर आईं...
उसने अपनी मुट्ठी भींच ली, मानो वर्षों से अनजाना कोई ज्वालामुखी अब जाग गया हो।

101

"मैं क्यों जिया... जब मेरे माता-पिता मेरी आँखें भरने से पहले चले गए?"

उसकी आंखों से चुपचाप आंसू बहने लगे।
रणछोड़ जी ने उसके सिर पर हाथ रखा।
वो हाथ जो अब थरथरा रहा था, पर उसमें एक पवित्र ऊर्जा थी।

"क्योंकि तेरे जीने से राईका समाज को फिर से जीना है, शिवा। तू अब केवल देवा का बेटा नहीं, तू राईका समाज की आशा है।"

"तो खिलजी ने आस पास के सभी राज्यों जो हमारे सहयोगी थे उनको ध्वस्त कर लिया फिर भी हमें पूरी तरह से खत्म करने क्यों नही आया। क्या वह अब फिर आएगा।" शिवा ने पूछा।

"उसे लगता है स्वयं महादेव ने रोक रखा है, जालोर की लड़ाई के बाद सुना है उसे कोढ़ हो गई है। वह अब पहले जितना स्वस्थ नहीं है।" नाथा जी ने कहा।

उस रात शिवा सोया नहीं।
वो आंगन में बैठा रहा, आकाश की ओर देखता,
जहाँ शायद तीजो और देवा की आत्माएँ उसे देख रही थीं।

जतनों चुपचाप आकर उसके पास बैठ गई।
कुछ नहीं बोली — केवल उसका सिर अपनी गोद में रख लिया।

रणछोड़ जी और नाथा जी भीतर चले गए थे, लेकिन वे जानते थे —
अब समय आ गया था, कि शिवा अपने उत्तराधिकार को समझे।

और उस रात, एक युग ने करवट ली...
सारणवा की हवाओं में अब एक नया संकल्प तैर रहा था।
शिवा की आँखों के आंसू अब केवल दुःख नहीं थे —
वो बीज थे एक आंदोलन के,
जो राईका समाज को फिर से एक करेगा,
और उन अधूरे प्रतिशोधों को पूरा करेगा जो अब तक राख बन चुके थे।

रात भर शिवा की आंखों में नींद नहीं आई।
बिस्तर पर लेटते ही दादा रणछोड़ जी और नाथा जी की कहानियाँ,
हर दृश्य, हर बलिदान, हर टूटा संबंध—
एक चलचित्र की तरह उसकी आँखों के सामने घूमता रहा।

2

सुबह की पहली किरण जब सारणवा की पहाड़ी पर पड़ी,
तो वह अब भी जाग रहा था—
लेकिन उसके चेहरे पर अब नींद की थकावट नहीं,
बल्कि मन के भीतर कुछ बदलने की बेचैनी थी।

जैसे ही हल्की सी उजास फैली, शिवा ने अपने भेड़-बकरियों को और ऊंटनी रूपा को सहेजा।
गेरकी और जतनों को बिना बताए वह सारणवा की पहाड़ियों की तलहटी की ओर निकल पड़ा।

जैसे ही वह जंगल के भीतर पहुँचा,
खेजड़ी, बेर, करील और धोबला के वृक्षों की छाया में वसंत ऋतु की ताज़गी बिखरी हुई थी।
सारस पक्षियों की उड़ानें, मिट्टी की सौंधी खुशबू, और चिड़ियों की चहचहाहट —
सब कुछ शांत, पर भीतर कुछ कहने जैसा।

शिवा उन पहाड़ियों की उस शिला तक पहुँचा,
जहां से सरणवा की पूरी घाटी नज़र आती थी।
वहीं एक छायादार पेड़ की ओट में बैठकर उसने रूपा को बैठा दिया और भेड़-बकरियों को चरने के लिए छोड़ दिया।

खुद वह शिला पर बैठ गया, दोनों हाथों की मुट्ठियाँ भींचे,
और आँखें उस घाटी में स्थिर—
जहाँ कभी राईका समाज की एकता की गर्जना गूंजती थी।

उसके मन में सब कुछ घूम रहा था: रैकवासा की वह गूंजती बस्ती,
नेगजी का संघर्ष, देवा और तीजों की शहादत
हम्मीर का अकेला पड़ जाना
राईका कबीले का बिखराव और प्रतिशोध की चुप्पी

शिवा के मन में विस्मय, क्रोध, करुणा और संकल्प एक साथ उमड़ रहे थे।

"क्या मैं बस जीने के लिए जन्मा हूँ?"
"क्या मेरा अस्तित्व उन बलिदानों की लाज नहीं है?"

उसके सामने अपने पिता देवा का चेहरा उभर रहा था,
माँ तीजों की मुस्कुराहट,
और जतनों की थकी आँखें।

हवा हल्की तेज हो गई थी। शिवा के पसीने की एक बूंद गाल से फिसली और ज़मीन पर गिर गई।
उसने देखा, एक मोर धीरे-धीरे पास आया और शिला के पास बैठ गया।

जैसे प्रकृति भी उसकी बेचैनी को सुन रही थी।
जंगल की हलचल अब उसके हृदय की लय बन गई थी।

उसने आसमान की ओर देखा —

जहाँ बादलों की पतली पट्टी धीरे-धीरे सूर्य की रोशनी से छँट रही थी। उसे लगा जैसे उसके भीतर भी कोई अंधकार हट रहा है। उसके चेहरे पर अब वही शांति थी, जो तूफान के पहले होती है।

शिवा अभी तक उस काली चिकनी शिला पर बैठा था — जहां से पूरा सारणेश्वर मंदिर सामने स्पष्ट दिखाई देता था। मंदिर के गुम्बद पर पड़ती सूरज की किरणें धीरे-धीरे मंदिर को सुनहरी आभा से नहला रही थीं।

नीचे घाटी में उसकी ऊँटनी रूपा और भेड़-बकरियाँ चर रही थीं, लेकिन शिवा का मन वहाँ नहीं था।
उसका हृदय अभी भी रात की उस सभा और अपने माता-पिता की कहानी में उलझा हुआ था।

अचानक, उसकी नजर सामने की पहाड़ी के शीर्ष से गिरते एक झरने पर पड़ी।

शिवा ने ध्यान दिया — झरने से गिरने वाला पानी सीधा नीचे नहीं गिर रहा था।
उसके रास्ते को दो विशाल पत्थरों ने मोड़ दिया था — और वो पानी एक प्राकृतिक घाटी में फैलता जा रहा था।

शिवा ने माथे पर हाथ रखकर सूर्य की रोशनी से आंखों को ढकते हुए उस झरने को देखा।
वह जगह किसी प्राकृतिक बुद्धिमत्ता से छेड़ी गई प्रतीत हो रही थी।
ऐसा लग रहा था कि इन पत्थरों को जानबूझकर कुछ छुपाने के लिए रखा गया हो।

शिवा को याद आया — जब भी वह अपने दोस्तों से उस झरने की ओर जाने की बात करता था,
तो बुजुर्ग सख्ती से मना कर देते थे।

"वहां मत जाना, वो स्थान अशुभ है..."
"हमारे बुजुर्गों ने मना किया था..."
"कहते हैं वहां कुछ ऐसा है जिसे छेड़ना नहीं चाहिए..."

लेकिन किसी के पास कोई स्पष्ट जवाब नहीं होता था।
बस एक मौन डर और एक लम्बी परंपरा थी — पीढ़ी दर पीढ़ी चली आ रही।

शिवा का मन अब बेचैन होने लगा।
वो कोई साधारण युवक नहीं था।
वो अब जान चुका था कि उसका जीवन केवल ऊँट चराने और लाठी चलाने के लिए नहीं बना।

"क्या यह वही स्थान है, जहां से मेरे पूर्वजों की कहानी मोड़ी गई थी?"

उसका दिल तेज़ी से धड़कने लगा।

उसने मुट्ठी भींच ली।
वो उठ खड़ा हुआ और खुद से बुदबुदाया:

"अगर ये मार्ग मेरे लिए बंद था, तो शायद इसलिए कि मेरी राह यहीं से शुरू होती है।"

शिवा ने अपने वस्त्र कस लिए,
पैरों में जूती के पट बांधे और एक लाठी थामी।

वह शिला से उतर कर झरने की ओर बढ़ने लगा —
वहाँ, जहाँ किसी ने दशकों से कदम नहीं रखा था।
झाड़ियों को हटाता हुआ, पत्थरों को पार करता हुआ
वह अब उस स्थान की ओर जा रहा था ।

सारणवा की पहाड़ी पर झरने की कलकल ध्वनि वर्षों से उसी प्रकार बह रही थी, जैसे सदियों से नियति अपना गीत गा रही हो। लेकिन आज वह ध्वनि शिवा के कानों में किसी गूढ़ संकेत की तरह उतर रही थी।

शिवा झरने के पास पहुँचा। उसने पहले देखा — दो बड़े पत्थर बड़ी चतुराई से ऐसे रखे गए थे कि झरने का पानी एक विशेष दिशा में मोड़ा जा रहा था। उसने झुंझलाकर सोचा,

"किसने और क्यों ऐसा किया होगा?"

उसका हृदय एक अनजानी जिज्ञासा से धड़क रहा था।
वह लाठी ज़मीन में गाड़ता गया और दोनों पत्थरों को धकेलना शुरू किया।
पत्थर भारी थे, लेकिन वर्षों की लाठी साधना ने उसे असाधारण शक्ति दी थी।

कुछ देर की मशक्कत के बाद एक पत्थर हिलने लगा। शिवा ने पूरी ताकत लगाई और दोनों पत्थर सरका दिए।

जैसे ही पत्थर हटे, झरने का पानी पुराने मार्ग की ओर मुड़ गया।
अब वह धरातल, जो सदियों से जल में डूबा था, धीरे-धीरे अनावृत होने लगा।

शिवा ने देखा कि वहां जमीन कुछ धंसी हुई सी है, और उस धंसे भाग में कुछ बड़े-बड़े गोल पत्थर सजे हुए हैं।
उसका दिल अब तेज़ धड़कने लगा।

"यह कोई प्राकृतिक रचना नहीं है... यह किसी का छुपाया गया रहस्य है।"

उसने उन पत्थरों को हटाना शुरू किया।
मिट्टी और कीचड़ के नीचे छिपी एक संगठित संरचना सामने आने लगी।

कुछ ही क्षणों में, वहाँ एक गुहा का द्वार खुल चुका था — अर्धगोलाकार, पत्थर की छत और

पथरीली सीढ़ियाँ नीचे की ओर जाती हुईं।

गुफा के भीतर पूरी तरह पानी भरा हुआ था — कमर तक।
लेकिन जैसे-जैसे शिवा द्वार पर खड़ा रहा, झरने के जल का मार्ग बदल जाने से अब पानी धीरे-धीरे नीचे उतरने लगा।
कुछ ही मिनटों में वह घुटनों तक रह गया।

शिवा ने सांस रोकी और कदम बढ़ाया।
सुरंग के भीतर घुसते ही उसके कदमों के नीचे चट्टानों पर पानी की हल्की सरसराहट थी।
भीतर सन्नाटा था, और हवा भारी — जैसे समय खुद वहाँ थम गया हो।

अचानक, उसे दूर एक हल्की नीली-सुनहरी चमक दिखाई दी। शिवा धीरे-धीरे उस चमक की ओर बढ़ा।
जैसे ही वह गुफा के अंतिम स्थान में पहुँचा, उसकी आंखें चौंधिया गईं।

एक चमकती हुई मणि, लगभग एक आम के गुठली आकार की, वहाँ एक पत्थर की चौकोर वेदी पर रखी थी।

मणि से निकलती थी—
एक नीली-जैसी दीप्ति, जो जल में पड़कर इंद्रधनुष की तरह झिलमिलाती थी और एक गर्माहट, जो स्पर्श किए बिना उसके हाथों में उतर रही थी।

वह मणि किसी क्रिस्टल की तरह पारदर्शी थी, लेकिन उसके भीतर जैसे कोई लहराता हुआ जीवन था —
मानो एक देवता का अंश उसमें समाया हो।

उसके चारों ओर गुफा की दीवारों पर शिव-पार्वती, नंदी और त्रिशूल की आकृतियाँ बनी हुई थीं —
काफ़ी पुरानी, लेकिन अब भी स्पष्ट।

शिवा को तुरंत आभास हुआ —
"यह जगह... मंदिर के ठीक नीचे है... यह कोई संयोग नहीं।"

उसके मन में रणछोड़जी और नाथा जी की कही बातें गूंजने लगीं। उसने अब समझ लिया था कि सरणवा की पहाड़ी में इतनी दिव्यता, इतनी शक्ति क्यों थी।

यह मणि कोई साधारण वस्तु नहीं थी —
यह वही दिव्य कण था जो शिव के तांडव के बाद उनके अश्रु से गिरा था।
यह शिव की ऊर्जा का जीवित अवशेष था — जो अब सदियों से इस धरती की रक्षा कर रहा था।

शिवा अब वहीं खड़ा था — अपनी सांसें थामे,

मानो उसके सामने समय ने दो सिरों को जोड़ दिया हो।

उसके पूर्वज नेग जी ने इस मणि को पहली बार देखा था,
और अब वही रक्त, वही आत्मा — शिवा — आज उसी स्थान पर था।

"मैं जान चुका हूँ, पर सबको बताना अभी उचित नहीं है।
शायद नियति चाहती है कि यह रहस्य अभी रहस्य ही रहे।"

शिवा ने मणि को नहीं छुआ।
वह धीरे-धीरे पीछे हटा, और फिर सुरंग से बाहर निकल आया।

बाहर आकर उसने फिर से वे पत्थर उसी तरह रख दिए,
और झरने का जल उसी दिशा में बहने लगा — मानो कुछ हुआ ही नहीं हो।

परन्तु शिवा जानता था —
अब वह पहले जैसा शिवा नहीं रहा।
उसकी आंखों में अब विरासत का बोझ, एक रहस्य का भार और भविष्य की जिम्मेदारी थी।

उस क्षण, जब शिवा मणि के सामने खड़ा था,
ना वह अकेला था,
ना वह आज का शिवा था।

वह था —
नेग जी के गूढ़ मौन का उत्तर,
रणछोड़ जी की टूटी आंखों की प्रतीक्षा,
और तीज़ो-देवा के अधूरे स्वप्न का जीवित उत्तराधिकारी।

उस पवित्र गुफा में जहाँ न समय की गूंज थी, न हवा का स्पर्श,
शिवा ने महसूस किया —
समय वहीं खड़ा था।

वह मणि वहाँ यूँ ही नहीं थी।
नेग जी का वहाँ पहुँचना संयोग नहीं था,
और शिवा का वहाँ पहुँचना भी इत्तेफाक नहीं।

समय, जब चाहता है, तो मिट्टी से इतिहास उगा देता है,
और मौन से प्रतिशोध।

नेग जी को मणि दिखी थी, पर उन्होंने मौन साध लिया —
क्योंकि तब समय चाह कर भी जाग नहीं सकता था।
वो समय था बीज रोपने का।

और अब, वर्षों बाद, वही बीज शिवा की चेतना में अंकुरित हो चुका था।

समय ने देखा था—
कैसे मालवा की रक्त-भूमि पर शिवा की माँ मारी गई,
कैसे देवा ने निहत्थे अपने हृदय से अंतिम युद्ध लड़ा,
और कैसे एकता की नींव पर बिखराव की चट्टानें गिराई गईं।

पर समय चुप रहा। वह लिखता रहा — राईका समाज के हृदय पर, पत्थर की लकीरों में।

और आज, जब शिवा ने मणि देखी,
समय की वह अधूरी पांडुलिपि फिर खुली।

वह मणि केवल ऊर्जा नहीं थी,
वह समय की वह आंख थी जो इतिहास की हर करवट को देखती आई थी।

वह जानती थी, कि किसे दिखना है, किसे नहीं,
कब चमकना है, कब मौन रहना है। और जब उसने शिवा को देखा,
 तो उसकी चमक में केवल रौशनी नहीं थी— वह समय का स्वीकार था।

"जब नेग जी ने मणि देखी थी, तब इतिहास लिखा जा रहा था, जब शिवा ने मणि देखी, तब
भविष्य जाग रहा था।"
सारणवा की हवाएँ, पहाड़ियों की चुप्पी, झरने की धार —
सबने यह महसूस किया कि एक चक्र अब पूरा हुआ है।

यह कोई संयोग नहीं था कि:
मंदिर के ठीक नीचे गुफा थी, शिवा ही वह पहला था जो झरने का मार्ग मोड़ सका,और मणि
की रोशनी में उसकी आंखें जलती नहीं, स्पष्ट होती थीं।

समय अब फिर कलम उठाने वाला है...
और अब जब शिवा बाहर निकला —
उसके कपड़े गीले थे, पर मन शुद्ध।
उसके चेहरे पर थकान थी, पर आँखों में एक नई भाषा थी।

क्योंकि अब समय फिर करवट ले रहा थ

अध्याय 12 : रहस्य

1

सन् 1315 के पूर्वार्द्ध का एक शांत, पर सड़ांध भरा दिन

दिल्ली के उत्तर में ऊँचाई पर बना सिरी का किला, जहाँ कभी अलाउद्दीन खिलजी की गर्जना गूंजा करती थी, अब किसी बीमार शेर की गुफा बन चुका था। ऊँचे परकोटे, नक्काशीदार तोरण द्वार, लाल बलुआ पत्थर की दीवारें — सब पर एक अजीब सी मौन थकान छा गई थी।

जहाँ एक समय इस किले के गलियारों में सेनापतियों की पदचाप, गुप्तचरों की फुसफुसाहट और जयघोष की आवाजें गूंजा करती थीं — आज वहाँ केवल दवाईयों की गंध, वैद्यों की सलाहें और घुटनों के बल रेंगता हुआ सन्नाटा था।
किले के पश्चिमी भाग में एक बड़ा भव्य कक्ष था —
जिसकी दीवारों पर मलिका जहां, युद्ध विजय और कुरान की आयतों की चित्राकृतियाँ बनी थीं।
मुलायम मखमली पर्दे, मुरक्काशुदा कालीन, और सोने-चांदी जड़ित दीप।

उस कक्ष के मध्य में पड़ा था एक बिस्तर, जिस पर एक ऐसा शख्स था जिसे कभी दुनिया ने "सुल्तान-ए-हिंद, सिकंदर ए सानी" कहा था।

पर आज, वही अलाउद्दीन खिलजी, जिसकी तलवार से राजस्थान, गुजरात, मध्य भारत कांपे थे,अब एक जगह बेजान पड़ा था, एक कोढ़ी, एक दंशित सम्राट।

खिलजी की आंखें अब धँस चुकी थीं।
उसके होंठों के कोने से मवाद रिस रहा था।
चेहरे की त्वचा जगह-जगह से उखड़ चुकी थी,
और उसका दायाँ पैर अब किसी काले, जली हुई लकड़ी जैसा दिखता था।

कोढ़ ने उसके शरीर को खा लिया था —
जैसे उसकी आत्मा का पाप अब उसकी देह पर उतर आया हो।

कक्ष के एक कोने में खड़े थे:
खुरासान से आया हकीम अली नासिर,काशी से बुलाया गया वैद्य सोमदत्त और यमन से आया एक सूफी हकीम, जो हवा में ताबीज घुमा रहा था।

हर कोई कोशिश कर रहा था —
किसी ने खट्टे नींबू के रस से उसका शरीर मलवाया,
किसी ने गंगाजल और शहद का लेप चढ़ाया,
तो किसी ने ताम्र यंत्र और ऊँट की चरबी से बनी दवा दी।
लेकिन कुछ भी कारगर नहीं हो रहा था।

कक्ष के दरवाजे पर खड़ा मालिक काफुर, अब दरबार का सबसे प्रभावशाली व्यक्ति था,पर उसके माथे पर भी चिंता की रेखाएं थीं।
खिलजी के पास सब कुछ था —
धन, भूमि, दरबार, सेना — पर अब न देह पर अधिकार था,
न मन पर।

उसकी आँखें खुली तो रहती थीं,
लेकिन उनमें अब वो क्रूरता नहीं, केवल भय था।

उस दिन सिरी किले के सबसे ऊँचे बुर्ज पर
एक कौवा बार-बार मंडरा रहा था।
पुराने खगोलीय पंडित कहते थे —

"जब कौवा राजा की खिड़की पर तीन बार काँव-काँव करता है, तो उसका समय पूर्ण होता है।"

अंदर बिस्तर पर पड़ा खिलजी शायद जानता था —
समय अब उसका नहीं रहा।

उसके पास मणि नहीं थी,
उसके पास प्रतिशोध नहीं बचा,
अब बची थी केवल एक पीड़ादायक मौत।
यह वह क्षण था जब दिल्ली की सबसे बड़ी शक्ति
धीरे-धीरे खुद से पराजित हो रही थी।

अलाउद्दीन खिलजी का शरीर अब पूरी तरह सड़ चुका था।
सिर से लेकर पाँव तक कोढ़ ने उसे घेर रखा था।
दरबारियों की आंखों में अब आशा की जगह भय था, और किले के गलियारों में मौत की गंध।

मालिक काफुर दिन-रात उपाय ढूंढ रहा था —
उसने मक्का, यमन, काशी, लखनऊ तक संदेश भेजे,
पर कोई इलाज कारगर नहीं हुआ।

2

तभी एक दिन, दरबार में एक बूढ़ा दारोगा आया।
उसने बताया—
"गुजरात में जूनागढ़ के पास एक अतिप्रसिद्ध वैद्य है, जो किसी भी प्रकार के कोढ़ को ठीक कर देता है... चाहे रोग कैसा भी क्यों न हो।"

काफुर को यह सुनते ही जैसे डूबते को तिनके का सहारा मिला।

काफुर ने तुरन्त घोड़े सवार सैनिकों का एक दल गुजरात भेजा।
करीब बारह दिन बाद, एक सांवले रंग का वृद्ध, शांत चेहरे वाला वैद्य किले में दाखिल हुआ।

उसके पास न चमकदार लिबास था, न कोई शाही ढंग —
केवल एक चमड़े की पोटली, लकड़ी की जड़ी-बूटी से भरी पेटी और एक पीतल का पात्र।

खिलजी को जब उस वृद्ध के आने की सूचना दी गई,
तो वह पहले हँसा —
"अब एक बूढ़ा वैद्य मुझे नया करेगा?"
पर काफुर ने विनती की, और वैद्य को सुल्तान के पास लाया गया।

वैद्य ने कुछ नहीं कहा।
उसने मुँह ढका, आँखें मूँदीं, और धीरे-धीरे खिलजी के घावों को देखना शुरू किया।

फिर उसने अपनी पोटली से:
तीन प्रकार की जड़ें निकालीं,एक सफेद पत्थर को पीस कर सुनहरी चूर्ण बनाया और एक पात्र में गाढ़ा, हल्का नीला रंग का जल मिलाया।

फिर शांत स्वर में कहा:
"सुल्तान, दस दिन तक इस लेप को शरीर पर लगवाइए, और इस जल की कुछ बूंदें अपने नहाने के पानी में मिलाइए।"
"दसवें दिन सूर्योदय तक आपका शरीर नया हो जाएगा।"

पहले दिन काफुर और अन्य दरबारी संदेह से मुस्कुरा रहे थे।
पर तीसरे दिन ही खिलजी के शरीर की सूजन कम हो गई।
घाव सूखने लगे।
सातवें दिन तक उसकी त्वचा का काला पड़ जाना बंद हो गया। दसवें दिन सूरज उगा, तो दरबार में एक सुल्तान खड़ा था —
स्वस्थ, सजीव, और फिर से वही क्रूर तेज लिये हुए।
मालिक काफुर, ख्वाजा खान, और अन्य उमरा उसे देखकर स्तब्ध थे।

"क्या यह वही अलाउद्दीन है... जो कुछ दिन पहले मरणासन्न था?"

जैसे नियति का भेजा हुआ कोई दूत हो।
खिलजी अब अपने बिस्तर पर नहीं, सिंहासन पर बैठा था।
उसने उग्र नेत्रों से चारों ओर देखा और कहा:
"अब मैं फिर से अपराजेय हूँ। अब भारत को मेरी मुट्ठी में बंद होना है!"

खिलजी भले ही स्वस्थ हो गया था,
लेकिन अब वह कभी का भी अधिक भूखा, अधिक प्यासा, और अधिक घातक हो चुका था।

सुल्तान अलाउद्दीन खिलजी अब स्वस्थ हो चुका था।
शरीर में ऊर्जा लौट चुकी थी, चेहरे पर चमक थी,
आँखों में वही पुराना तेज़ —
लेकिन अब उस तेज़ में एक नई भूख थी,
एक दिव्यता को निगल जाने की आतुरता।

उसे चैन नहीं मिल रहा था।
उपचार के पीछे का रहस्य जानना अब उसकी ज़रूरत नहीं, जुनून बन चुका था।

उसने मालिक काफ़ूर को बुलाया और आदेश दिया —
"उस वैद्य को फिर बुलवाओ। मुझे सत्य जानना है।"

दो दिन बाद, वही गंभीर चेहरा, झुकी आँखों वाला वैद्य,
अपने झोले और मौन के साथ फिर सिरी किले में उपस्थित हुआ।

इस बार कक्ष की भव्यता और सुल्तान का रूप पहले जैसा नहीं और अधिक भयावह था।
खिलजी अब बिस्तर पर नहीं — सिंहासन पर बैठा था,
और उसकी आँखें वैद्य के चेहरे को चीरने को तत्पर थीं।

खिलजी ने उसकी ओर देखा और धीमे पर कठोर स्वर में पूछा:
"बता... क्या था उस जल में, उस लेप में?
क्यों कोई और हकीम, वैद्य, ताबीज़ मुझे नहीं बचा सके... और तूने दस दिनों में मुझे फिर से
जीवन दे दिया?"

वैद्य ने पहले तो कुछ कहने से कतराया।
उसके होंठ काँपने लगे। आँखें ज़मीन की तरफ झुक गईं।
पर तभी काफ़ूर ने भौंहे तानकर कहा:
"बोल! वरना तेरे जीवन की औषधि भी हमसे पूछनी पड़ेगी!"

डर और झिझक के बीच, वैद्य बोला:
"हुज़ूर... वह औषधि कोई साधारण नहीं थी।
वो जड़ी-बूटियाँ, वो जल... वे किसी बाज़ार या जंगल की नहीं थीं।
वे एक विशेष स्थान से आती हैं — एक पवित्र भूमि से,
जिसकी मिट्टी में अद्भुत और अपार ऊर्जा है।"

खिलजी की आँखें चमक उठीं —
"कौन सा स्थान?"

कुछ क्षण मौन के बाद वैद्य ने धीरे से कहा:
"सरणवा..."
सरणवा...

यह नाम सुनते ही खिलजी की पीठ सीधी हो गई।
उसकी आँखों की पुतलियाँ फैल गईं।
मुट्ठी कस गई।
वह मानो सदियों से यही उत्तर सुनने की प्रतीक्षा कर रहा था।

"सरणवा? वही जो सिरोही राज्य में है? वही जो राईकों की भूमि रही है?"
"वहीं, जहाँ मेरी सेना को सबसे शर्मनाक हार मिली थी?"
वैद्य ने धीरे से सिर हिलाया।

"मेरे पूर्वज... वहाँ से विशेष समय पर औषधियाँ और जल लाते थे।
वह कोई सामान्य भूमि नहीं। पर वहाँ क्या है, हमें भी ज्ञात नहीं।"

खिलजी के चेहरे पर एक रक्ताभ मुस्कान उभरी।
"मैं बरसों से जिसे ढूंढ रहा था... वो वहाँ है?"
"सरणवा...! तुमने मुझे रास्ता दिखा दिया..."

उसने सिंहासन से उठते हुए कहा:
"अब मैं अजेय बनूँगा।
अब कोई मंदिर, कोई देवता — मेरे मार्ग में नहीं रहेगा।
सरणवा से वह शक्ति मुझे मिलनी ही है!"

उसकी क्रूर हँसी कक्ष की दीवारों से टकराकर लौटने लगी।
मालिक काफूर सिर झुकाए खड़ा था —
लेकिन उसके होंठों पर भी एक कुटिल मुस्कान फैल गई थी।

"सुल्तान-ए-आलम की जय!"
"सिकंदर-ए-सानी जिंदाबाद!"
दरबार इस उद्घोष से गूंजने लगा।

परंतु किसी को यह नहीं पता था कि उस जयकारे के पीछे
एक ऐसी योजना जन्म ले रही थी
जो एक बार फिर राजपूताने को रक्त में रंग देगी।

और वहाँ — सुदूर सिरोही में,
राईका समाज बिखरा पड़ा था, अपने दुःख, अपने वियोग और अपने भविष्य में उलझा हुआ
— बिलकुल अनजान,कि समय फिर उन्हें एक चक्र में खींच लाने वाला है। दिल्ली के सिरी
किले के दीर्घ सभागार में
मुलायम कालीन बिछाए गए थे,छत से माणिक और नीलम से जड़े झूमर लटक रहे थे,
और बीच में बैठे थे दो चेहरे – सुल्तान अलाउद्दीन खिलजी, और उसके सबसे विश्वस्त,
मालिक काफुर।

दीवारों पर विजयों के चित्र, तलवारों की चमक और
पदचापों की गूंज से भरा यह दरबार
कभी चुप रहता नहीं था –
पर आज, एक अलग मौन था – जैसे कुछ छिपा हो।

खिलजी, हथेली में अंगूरी अंगूर घुमाते हुए, बोला –
"सरणवा की ओर मार्च की तैयारी कैसी है, काफुर?"

काफुर सिर झुकाकर बोला –
"हुज़ूर, सेना तैयार है। बीस हज़ार घुड़सवार, दस हज़ार पैदल।
जंगी हाथी भी साथ होंगे। गुजरात और मालवा से अनाज का इंतज़ाम हो चुका है।"

खिलजी ने हल्की मुस्कान दी। फिर काफुर झिझकते हुए बोला –
"हुज़ूर... एक बात और है। वह कैदी... जो वर्षों पहले मालवा युद्ध में पकड़ा गया था...
वह अब भी जीवित है।"

"बीस वर्षों से वह हमारे अंधे तहख़ाने में सड़ रहा है।
नाम था... देवा। एक राईका योद्धा।"

खिलजी का चेहरा तनिक चमका,
उसने गिलास नीचे रखा और धीमे से कहा—

"देवा..."

उसने गर्दन मोड़ी, दरबार की खिड़की से बाहर देखा —
दिल्ली की धूप कड़ी थी, लेकिन उसके भीतर एक पुरानी स्मृति की लपट उठी।

"उसे देखे बहुत समय हो गया।
लाओ... देखता हूँ उस शेर का अब क्या बचा है।"

कुछ देर में चार सैनिकों ने लोहे की जंजीरों से जकड़ा हुआ एक कैदी दरबार में लाया।

उसका शरीर हड्डियों का ढांचा बन चुका था —
चेहरा धंसा हुआ, केश बढ़े हुए और उलझे,
मगर उसकी आंखों में ज्वाला अब भी शेष थी।

वह एक लोहे के पिंजरे में बंद था —
मानो एक शेर, जिसे कमजोर समझकर कुत्तों की तरह कैद किया गया हो।

देवा। राईका कबीले का वीर।
जिसने कभी सरणवा की मिट्टी को अपनी लाठी से गौरव दिलाया था,

आज सुल्तान के दरबार में एक तमाशा बन चुका था।

खिलजी ने आंखें तरेर कर कहा —
"क्यों देवा, दो दशक हो गए... कैसा लगा मेरी कैद का स्वाद?"

देवा चुप रहा। उसने आँखें झुकाईं नहीं।
उसने भीख नहीं मांगी। उसने केवल कहा —
"शरीर बंद हो सकता है, आत्मा नहीं।"

खिलजी मुस्कराया,
"इतने सालों में तू एक शब्द नहीं बोला... न किसी युद्ध की बात, न अपने लोगों की।"
"मुझे डर था कि तू मणि के बारे में जानता होगा। लेकिन तू कुछ जानता ही नहीं..."

काफूर बीच में बोला —
"हुज़ूर, हमने इसे कई बार परखा है। ये किसी मणि की बात नहीं करता...
शायद ये उस रहस्य से वाकिफ़ ही नहीं।"

खिलजी आगे बढ़ा, पिंजरे के पास आकर घुटनों के बल झुका।
देवा की आँखों में झाँकते हुए कहा —

"तेरे लोगों को मैंने बिखेर दिया...तेरी पत्नी को वहीं तड़पाकर मरते देखा...
और तुझे ज़िंदा छोड़ा, ताकि तू जान सके कि हार क्या होती है।"

देवा कुछ नहीं बोला, केवल आँखें भर आईं — पर वो आँखें गिरी नहीं।

खिलजी ने इशारा किया। सैनिक पिंजरे को फिर खींचकर ले गए।
देवा जाते-जाते केवल एक बार पलटा — उसकी नज़रें कहीं दरबार से बाहर देख रही थीं,
मानो वो किसी को पुकार रही थीं... शिवा को? या नियति को?

खिलजी ने मुस्कराते हुए कहा:
"अब समय आ गया है — उस शक्ति को पाने का,
जो मुझे देवता बना देगी। और तुझे एक बार फिर जलाएगी।"
दरबार में सन्नाटा था। काफूर सिर झुकाकर आदेश सुन रहा था।

पर इतिहास — वह चुप नहीं था।
वह पलटने की तैयारी कर रहा था। शिवा... कहीं दूर सरणवा में, लेकिन शायद अपने पिता
की पुकार को भीतर से महसूस कर रहा था।

अध्याय 13 : महायुद्ध

1

सिरोही के महाराव विजयराज अपने राजमहल की दक्षिणी खिड़की पर खड़े होकर, दूर पहाड़ियों की ओर निहार रहे थे।
सारणवा की पहाड़ियों पर गिरती सूर्य की अंतिम किरणें मानो किसी पुराने संघर्ष की स्मृति की तरह चमक रही थीं।

उसी क्षण महल के प्रहरी ने आकर सूचना दी –
"महाराव! दिल्ली से गुप्तचर लौटे हैं। अत्यंत महत्वपूर्ण समाचार है।"

राजसभा तुरंत बुलाई गई।
महल का सिंहासन कक्ष – जो लंबे समय से शांत था – फिर से तपते युद्ध के संकेतों से गरमाया।

संदेश पाकर रणछोड़ जी, उनके विश्वसनीय नाथा जी, और अन्य वृद्धजन —
जो अब केवल मुखिया नहीं, बल्कि इतिहास के जीवंत अध्याय थे,
सभा में पहुंचे।

साथ ही शिवा, अब 21 वर्षीय —
एक शांत, गहरे जल जैसा युवा —
अपने भीतर कुछ ऐसा लेकर बैठा था, जो और कोई नहीं जानता था।

महाराव उठे। उनके स्वर में चिंता थी, पर साहस भी।
"खबर आई है कि अलाउद्दीन खिलजी ने फिर से सेना तैयार की है। ये आक्रमण सिरोही के विरुद्ध नहीं, बल्कि किसी दिव्य वस्तु के लिए किया जा रहा है।"

सभा में खलबली मच गई।
एक वृद्ध सामंत ने पूछा —
"क्या वह फिर शिवलिंग को लेने आ रहा है?"

नाथा जी बोले —
"हमने शिवलिंग तो वर्षों पहले सारणेश्वर मंदिर में स्थापित कर दिया था।
और हम सब उसकी रक्षा के लिए जीवन दे देंगे।"

रणछोड़ जी का चेहरा गंभीर हो गया —
"शायद खिलजी को अपने अपमान की आग अभी भी जल रही है।"

सभा के शोर के बीच, शिवा मौन था।
उसके चेहरे पर कोई भय नहीं, केवल एक तीव्र चेतना थी।

वह जानता था — खिलजी शिवलिंग के लिए नहीं, उस मणि के लिए आ रहा है।

जिसे उसने कुछ ही सप्ताह पहले झरने की सुरंग में पाया था।
वही मणि, जिसके बारे में नेग जी जानते थे — और अब वह।

शिवा की आँखों के सामने झलक रहा था—
मणि की चमक,
उसका दिव्य कंपन, और अब, खिलजी की बढ़ती लालसा।

"यह केवल युद्ध नहीं होगा...", उसने सोचा,
"यह पुनः धरा और अधर्म के बीच की लड़ाई होगी।"

रणछोड़ जी ने बैठक में बात उठाई —
"पर राईका समाज अब एक नहीं रहा।
जब हम एक थे, हमने खिलजी को रोका था।
अब हम बिखरे हैं... आठ कबीले दिशाओं में हैं...
सादड़ी, जोधपुर, डूंगरपुर, सांचौर, सोजत, सिणधरी, महेसाणा, और बागोड़ा।"

नाथा जी बोले —
"और इस बार, खिलजी अजेय बनने के लिए आ रहा है। उसे अब केवल राज्य नहीं चाहिए,
उसे वो चाहिए जो उसकी सोच से भी परे है।"

शिवा अब तक शांत था।
लेकिन भीतर से वह मानो जलते हुए पत्थर पर बैठा था।

"अब समय है... अपने आप को पूर्ण रूप से तैयार करने का।
अब मणि की रक्षा केवल एक गुफा में छिपाने से नहीं होगी।
अब मणि को बचाना है — पूरे राईका समाज के लिए।

उसकी आँखों में अब एक योजना थी।
एक प्रण — कि वह राईकों को फिर एक करेगा।

सरणवा की हवाओं में कुछ बेचैनी सी थी।
मानो वो जानती हों —
वो मणि जिसे अब तक पृथ्वी ने छुपा रखा था,
वो अब स्वयं संकट को आमंत्रित कर रही है।

और शिवा...
वह अब केवल देवा का पुत्र नहीं था।
वह अब राईका पुनर्जागरण का वाहक बनने वाला था।

सारणवा की रात चुप थी,
लेकिन रणछोड़ जी के मन में तूफ़ान जाग उठा था।

कमरे में एक दीपक मंद लौ के साथ टिमटिमा रहा था,
गेरकी सो चुकी थी, लेकिन रणछोड़ की आंखें —
आकाश के उस कोने को देख रही थीं,
जहां से कभी 9 कबीले एक साथ आए थे,
और फिर वहां से बिछुड़ गए।

उन्हें लगा, जैसे सरणवा की मिट्टी खुद बोल रही हो —
"मुझे फिर से अपने बेटों की ज़रूरत है..."

2

अगली सुबह,
उन्होंने 8 थालियों में सरणवा की मिट्टी भरवाई।
हर थाली को पालकी में रखवाकर
हर कबीले के नाम एक पाती लिखी —

"ये मिट्टी तुम्हारी भी है।
यह संकट राईकों पर नहीं, बल्कि उस धरती पर है
जिसने तुम्हें जन्म दिया।
अगर मातृभूमि का आह्वान सुनाई दे,
तो लौट आओ —
सरणवा तुम्हें पुकार रहा है।"

सादड़ी – चावड़ा कबीला
लक्ष्मण जी चावड़ा, वृद्ध लेकिन तेजस्वी,
जब मिट्टी को हाथ में लेकर सूँघते हैं,
तो उनकी आँखों से आँसू बहते हैं।
"रणछोड़... तूने हृदय को झिंझोड़ दिया।"

हम्मीर, दूर बैठा अपने ऊंटों को सजा रहा था।
जब मिट्टी की थाली उसके सामने आई,
वो कुछ देर उसे देखता रहा...
फिर हाथ जोड़कर कहा उसकी आंखे नम हो गई और कहा
"ये समय की पुकार है... माँ की पुकार को ठुकरा नहीं सकता।"

सिणधरी – भारका कबीला मोती जी, मिट्टी को माथे से लगाते हैं।
वहां एक वृद्धा कहती है —
"हमने बच्चों को खोया, पर जड़ नहीं भूले।"

सोजत, सांचौर, जोधपुर, डूंगरपुर, महेसाणा...
हर कबीले में जैसे धरती का संदेश आत्मा में उतर गया।
माताओं ने अपने बेटों से कहा:

118

"जा बेटा, सरणवा की रक्षा करना।"

पुरुषों ने अपनी लाठियाँ मांज लीं,
ऊंटों को सजाया और लाल रंग के साफे बाँधने लगे।

सारणेश्वर महादेव के मंदिर के सामने का मैदान,
अब फिर से वही बना
जिसने कभी खिलजी की सेना को चुनौती दी थी।

धूल उड़ रही थी —
पर इस बार युद्ध के लिए नहीं,
अपनों के लौटने के लिए।

सबसे पहले —
खाटाणा, वेराणा और भारका कबीले पहुँचे।
फिर एक-एक कर भीम, पेवाला, सावदारिया, चेलाणा...

जब दूर से लाल साफे और ध्वज लहराते दिखे,
शिवा ने पहाड़ी से नीचे उतरकर देखा —
हम्मीर ऊंट पर आगे-आगे आ रहा था।
पीछे लक्ष्मण जी चावड़ा, और चावड़ा योद्धा।

शिवा कुछ देर चुप रहा —
उसकी आंखों में सारे बीते दृश्य घूमने लगे —
देवा, तीजो, जतनो की पीड़ा, मालवा की चीखें।

हम्मीर ने उतरकर शिवा के सामने आकर कहा:
"मैं देर से आया, लेकिन अधूरा नहीं रहूंगा।
तेरा भाई फिर तेरे साथ है।"

शिवा ने झुककर उसे गले लगा लिया —
दोनों की पीठों पर वर्षों की बिछुड़न काँप रही थी।

जब सब ९ कबीले उपस्थित हुए, रणछोड़ जी मंदिर की सीढ़ियों पर चढ़े।
नाथा जी साथ थे।
"आज हम फिर एक हैं।
एक माटी, एक वंश, एक संकल्प।
अब जो लड़ेगा, वह अकेले नहीं लड़ेगा —
वह राईका लड़ेगा!"

सारणेश्वर मंदिर के दीपक फिर से पूरे बल से जल उठे।

गगन में ढोल, नगाड़े और राईका युद्धघोष गूंजने लगे:

"जय सरणवा!
जय राईका समाज!"

शिवा अब केवल युवा नहीं, वह एक प्रतीक बन चुका था —
राईका एकता का अगुवा।

और समय — अब मणि को बचाने का नहीं,
उसके साथ राईका सम्मान को पुनः स्थापित करने का युग शुरू करने वाला था।

सिरोही राज्य की सीमा पर दूर-दूर तक फैला हुआ विशाल समतल मैदान अब लोहा, तलवार
और मनुष्यों के सैलाब में बदल चुका था।

संध्या की पीली धूप में धूल उड़ती हुई लग रही थी जैसे कोई भविष्य की भयावहता का पर्दा
खींच रहा हो।

अलाउद्दीन खिलजी का विशाल शिविर, जैसे कोई चलती फिरती नगरी हो
एक लाख की सेना:
20,000 घुड़सवार,50,000 पैदल सैनिक,10,000 तीरंदाज़,5,000 युद्ध हाथी,और हजारों की
संख्या में रसद-वाहक ऊंट, गाड़ियाँ, और घोड़े।

हर तंबू पर दिल्ली सल्तनत के झंडे लहरा रहे थे,
सैनिकों की शमशीरें सूरज की आखिरी किरणों में चमक रही थीं —मानो साक्षात काल उतर
आया हो।

खिलजी के आदेश पर,
एक लोहे की चल पिंजरेनुमा रथ तैयार किया गया,
जिसमें बैठा था — देवा।

बीस वर्षों की कैद ने देवा के शरीर को कमजोर कर दिया था पर उसकी आँखों में आज भी
वही संयम, आस्था और तेज था।
"उसे राईकों के सामने लाया जाएगा,"
"ताकि वे विचलित हो जाएं — उनकी आत्मा कांपे, और युद्ध से पहले टूट जाए।"

मलिक काफुर ने एक मंद हँसी के साथ कहा —
"इस बार हम तलवार से नहीं, भावनाओं से वार करेंगे।"

दूसरी ओर, सिरोही के मैदान में
15,000 का सैन्य दल खड़ा था —
जिसमें थे:

5,000 राईका योद्धा —
लाल साफ़ा, अंगरखी, और लोहे से मढ़ी लाठियाँ लिए,
जो अब मिट्टी से नहीं, इतिहास से बँधे थे।

10,000 सिरोही सैनिक —
जिनकी तलवारें सारणवा के लौह खनिज से बनी थीं,
जिनकी धार से इतिहास की कई लड़ाइयाँ जीती गई थीं।

वहीं, एक गुप्तचर,
जो लंबे समय से खिलजी के शिविर में घुसपैठ किए हुए था, महाराव विजयराज के पास आया।

उसके होठ काँप रहे थे, पर शब्द अटल थे:
"महाराव... देवा जीवित हैं... उन्हें खिलजी साथ लाया है।"

एक क्षण के लिए दरबार जैसे ठहर गया।
"देवा...?" विजयराज के स्वर में आश्चर्य और करुणा दोनों थे।

महाराव ने यह खबर तुरंत रणछोड़ जी तक भिजवाई।
संदेशवाहक सांबड़ कबीले में पहुँचा —
जहाँ रणछोड़ जी, नाथा जी, हम्मीर, शिवा और अगले युद्ध की योजना बना रहे थे।

सुनते ही, जतनों के हाथ से पात्र गिर गया।
गेरकी फूट फूट कर रो पड़ीं।

रणछोड़ जी की आँखें डबडबा गईं —
"देवा..." इतना कहते ही आंखो में आंसू आ गए।

हम्मीर ने अपनी आँखें पोंछी और धीरे से शिवा की ओर देखा — उसके चेहरे पर भावों का तूफान था।

शिवा पहले चुप रहा, फिर खड़ा हुआ —
"जिसने मेरी माँ को खोया,
जिसने पिता को पिंजरे में डाला —
अब उसका हिसाब समय करेगा।"

नाथा जी ने हाथ उठाकर कहा —
"ये कोई सामान्य युद्ध नहीं होगा।
ये उस पुत्र के लिए होगा, जो बंधन में है।
ये उस मिट्टी के लिए होगा, जिसे फिर से अपवित्र करने की कोशिश की जा रही है। जिसकी रक्षा अब केवल लाठी से नहीं, बल्कि एकता, प्रेम और प्रतिशोध से होगी।"

आकाश में धूल और बादल घुलने लगे थे,
चीलें मंडरा रही थीं,
धरती गरज रही थी।

एक युद्ध, जो केवल हथियारों से नहीं,
बल्कि यादों, बंधनों और रक्त की पुकार से लड़ा जाएगा,
अब बस एक सूरज की दूरी पर था।

और शिवा... अब केवल देवा का पुत्र नहीं था,
अब वह राईका समाज की आत्मा बन चुका था।

3

सारणवा की पहाड़ियों पर शरद की सांझ उतर रही थी।
आसमान सुनहरे और नारंगी रंगों से नहाया हुआ था,
और मंदिर के शिखर पर लगे ध्वज धीरे-धीरे लहरा रहे थे।

मंदिर प्रांगण में आज एक इतिहास बन रहा था।
सभी नौ राईका कबीले पुरुष, स्त्रियाँ, वृद्ध, युवा, बच्चे —
सभी नंगे पाँव, सिर झुकाए, सारणेश्वर महादेव के सम्मुख एकत्र थे।
यह कोई साधारण सभा नहीं थी, यह उस मिट्टी की रक्षा का संकल्प था
जिसने उन्हें जीवन दिया था।

मंदिर के गर्भगृह में दीप प्रज्वलित किए गए थे।
चंदन और धूप की सुगंध से हवा सुवासित हो रही थी।

नाथा जी गंभीर, शांत और स्थिर, दीप लिए सबके बीच खड़े हुए।

उनकी आँखें बंद थीं, शरीर तपस्वी जैसा,
और मुख से निकले स्वरों ने संपूर्ण वातावरण को शिवमय बना दिया:

"ओ भोलेनाथ म्हारा, तारणहार प्यारा
थारा बिना कुण है रे सहारा
हमरी बँधी डोरी, थारे ही ऊपर
थारा बिना कुण है रे सहारा"

चारों ओर एक लय में स्वर उठे, महिलाएं आँखों में आँसू लेकर हाथ जोड़कर गा रहीं थीं,
पुरुषों की आँखें नम थीं, पर आत्मा दृढ़। बच्चे भोलेनाथ के नाम की ताली बजा रहे थे,
और मंदिर की दीवारें — मानो इस संकल्प को शिव के त्रिनेत्र में सहेज रही थीं।

शिवा, मंदिर की सीढ़ियों पर बैठा अपने पिताजी देवा, माँ तीजो, और
सारा बीता समय याद कर रहा था।

उसने अपने हृदय में महादेव से कहा:
"हे भोलेनाथ, यदि मैं गिरूँ, तो यह गिरना मात्र शरीर का हो, आत्मा राईका की अमरता में विलीन हो जाए।"

हम्मीर, एक ओर खड़ा, अपने साफे को ठीक कर रहा था।
उसकी आँखें जतनों को खोज रही थीं — जतनों ने शिवलिंग के सम्मुख हाथ जोड़े,
और गुप्त रूप से उसी से कहा:
"आज लड़ाई केवल मिट्टी की नहीं,
मेरे उस प्रेम की भी है जो मैं तुझसे बाँध के रखी हूँ।"

रणछोड़ जी, संध्या दीप लेकर जब शिवलिंग के सामने झुके तो उनके एक हाथ से वह दीपक कांपा नहीं।
उन्होंने केवल एक बात कही:
"भोलेनाथ, इस बार हारने का प्रश्न नहीं — यह अंतिम परीक्षा है।
या हम रहेंगे, या अत्याचार।"

"थारी किरपा बिना, सूखो संसार
घणो अंधारो चारों धार
रोक ले भोले, संकट सब पाछो
सुण ले रे त्रिपुरारी..."

सभी योद्धा उठ खड़े हुए। लाठी, तलवार, ढाल, अंगरखी और लाल साफे,
अब ये केवल राईका परंपरा नहीं,
अब यह एक प्रतिज्ञा का वस्त्र बन चुके थे।

शिवा ने सबसे पहले सिर झुकाया और एक मुट्ठी मंदिर की मिट्टी लेकर अपने माथे पर लगाई।
फिर सबने वैसा ही किया।

अब यह लड़ाई सिर्फ सीमा की नहीं थी, यह उस मंदिर की थी,
जिसकी जड़ें उस मणि तक जाती थीं जो स्वयं शिव का अश्रु बनकर धरती पर उतरी थी।

शिविरों में ढोलक बजने लगे थे।घोड़ों को सजाया जा रहा था। तलवारें तेज की जा रही थीं।
और गगन में गूंज रहा था:
"जय सारणेश्वर!
जय राईका समाज!
हर हर महादेव!"

अब अगली सुबह — महायुद्ध का प्रहर था।
जहां धर्म, प्रेम, बलिदान और इतिहास — एक साथ अपने मुकाम पर पहुँचने वाले थे।

4

सूरज की पहली किरण ने धरती को छुआ,

तो सरणवा की भूमि पर युद्ध का साया उतर चुका था।

पूरब की ओर लालिमा धीरे-धीरे फैल रही थी,
और उसी लालिमा के नीचे —
राईकों और सिरोही की 15,000 की सेना
बाँध जैसे मैदान में खड़ी थी।

उनके सामने पश्चिम में फैली थी अलाउद्दीन खिलजी की लाख की सल्तनत सेना।

घोड़ों की हिनहिनाहट, हाथियों की चिंघाड़,
लोहे के रथों की टंकार — मानो आकाश खुद कंपित हो रहा था।

सैनिकों की पंक्तियों में एक मौन फैल रहा था,
मौन — जो संघर्ष और संख्या के बीच खड़ा था।

कुछ जवान सिर नीचे किए खड़े थे, कुछ आपस में फुसफुसा रहे थे —

" लाख... और हम? हमारी संख्या क्या है...?"
"क्या हम टिक पाएंगे...? क्या आज राईका का अंत है?"

हर चेहरा — वीर होते हुए भी मन के कोनों में संशय की रेखाएँ लिए खड़ा था।

तभी ऊंट पर सवार हम्मीर चावड़ा, लाल पगड़ी, सफेद अंगरखी और कमरबंध में तलवार
लिए सेना के सामने पहुँचा।

उसके चेहरे पर शौर्य की चमक, और आँखों में अडिग विश्वास था।

उसने अपने ऊंट को रोका,उसे धीरे से थपथपाया औरगगनभेदी स्वर में बोला:
"हे राईका वीरों! हे सिरोही के सपूतों!
आज तुम सिर्फ तलवारों से नहीं लड़ोगे —
आज तुम्हारी आत्मा का इम्तिहान है!"

"तुम पूछते हो — हम कैसे लड़ेंगे?"
मैं कहता हूँ — हम राईका हैं!"

"हम रैकवासा की उस धरती से निकले हैं, जहाँ हर घास के तिनके में संघर्ष था।
हमने अपने जीवन का एक-एक दिन मवेशियों के बीच, लाठी के सहारे जिया है।
हमने रेगिस्तान से लेकर पहाड़ों तक अपना घर बनाया है।
और आज? आज क्या हम इस मिट्टी को बिना लड़े छोड़ देंगे?"

"क्या तुम भूल गए वो रात —
जब सारणेश्वर के सामने तुमने कसम खाई थी?"

"जब हमने शिव के चरणों में वचन दिया था —
कि अंतिम सांस तक मातृभूमि की रक्षा करेंगे?"

"राईकों की नसों में जल नहीं, सरणवा की ऊर्जा है!"

"हम वह वंश हैं जो जब-जब टूटा, तब-तब और मजबूत हुआ!"
"हम नौ कबीले हैं — सांबड़ की रीढ़, चावड़ा की तलवार,
सावदारिया की चाल, भीम की लाठी, वेराणा की दृष्टि, भारका की हुंकार,
खाटाणा की वीरता, पेवाला की गरिमा, और चेलाणा की धड़कन!"

"आज हम नौ नहीं, एक हैं — 'राईका' हैं!"

"सामने जो है, वह संख्या है। लेकिन हमारे भीतर जो है, वह इतिहास है,
जो न कभी झुका है, न मिटा है!"

"अगर मरना भी पड़ा — तो याद रखना, मरेगा शरीर... पर जन्म लेगा हर गाँव,
 हर कबीले में एक नया 'हम्मीर'!"

"तो उठो वीरों!लाठी कस लो, तलवारें चमका लो,
ऊँटो की टाप से मैदान हिला दो — और जयकार करो!"

"जय सारणेश्वर!
नमो पार्वतीपतये हर हर महादेव"

हम्मीर की हुंकार आसमान को चीर गई।
तलवारें लहराने लगीं, ढोल बजने लगे और पूरे सैन्य दल में जैसे विद्युत दौड़ गई।

हर सैनिक की आँखों में अब भय नहीं था —
बल्कि प्रतिशोध, प्रेम और विजय की आभा थी।

रणछोड़ जी ने दूर से देखा और नाथा जी से बोले:
"हम्मीर ने युद्ध तो अभी से जीत लिया है —
शेष तो अब बस समय की बात है..."

रणभेरी बज चुकी थी।
सूर्य सिरोही के आकाश में आग के गोले सा चमक रहा था।
धूल उड़ती थी, भालों की नोक चमकती थी।

सारणेश्वर मंदिर का परकोटा — अब केवल पत्थरों की दीवार नहीं था,
वह था एक संस्कृति का कवच, एक ऐसी सीमा जिसे लांघने का अर्थ था
संपूर्ण राईका आत्मा का लांछन।

रणछोड़ जी, शिवा और हम्मीर की योजना के अनुसार
मंदिर की मुख्य द्वार को भीतर से बंद कर दिया गया।
उसके पीछे एक विशेष टुकड़ी —
करीब एक हज़ार राईका और सिरोही सैनिक —
तैनात किए गए थे, जिनका कार्य था किसी भी कीमत पर मंदिर में शत्रु का प्रवेश रोकना।

खिलजी की सेना ने विशालकाय रथों पर रखे
तोप जैसे यंत्रों से मंदिर की दीवारों पर बड़े-बड़े पत्थर बरसाने शुरू किए।

धरती कांपने लगी — गूंजते धमाके, फूटते पत्थर,
और मंदिर की दीवारों पर पड़ती गर्जनाओं की चोटें।

लेकिन राईका योद्धा अडिग खड़े थे।
दीवारों की ऊँचाई से वे तीर, गोपण, और खौलता तेल
शत्रु पर बरसाने लगे।

ऊपर से राईका महिलाएँ भी मिट्टी के घड़ों में गरम रेत भर
दीवार से नीचे फेंकतीं —
जिससे शत्रु की सेना आँखों में जलन और भ्रम का शिकार होती।

हर आक्रमण के बाद, जब शत्रु पीछे हटता,
राईकों की ऊँट सेना मैदान में उतरती।
उनके ऊँटों के पैरों में लोहे के कवच लगे थे,
और सवारों के हाथों में लाठी और कटार चमकती थी।

वे आक्रमण कर शत्रु के रथों को उल्टा देते,
हाथियों को भगा देते और दुश्मनों को पीछे धकेल देते।

पहली बार – खिलजी की सेना ने सोचा, दीवार कमज़ोर है।
तोपों से हमला किया गया, लेकिन राईकों की दीवारें — शिवा के आदेश पर विशेष सरणवा
चट्टानों से मजबूत की गई थीं। लहर विफल हुई।

दूसरी बार – बड़े लोहे के रथों से दीवार पर सीढ़ियाँ चढ़ाने की कोशिश की गई।
लेकिन हम्मीर ने ऊँट सेना को मोर्चे पर लाकर उन सीढ़ियों को ध्वस्त कर दिया।
गोली और पत्थर वर्षा ने उन्हें पीछे ढकेल दिया।

तीसरी बार – मलिक काफुर ने छल का सहारा लिया,
कुछ सैनिक महिलाओं का वेष धरकर
दीवार के पिछले हिस्से से घुसने की कोशिश करने लगे।
लेकिन शिवा ने त्वरित देख कर अपना दल भेजा,
जो हर एक को वहीं ढेर कर आया।

हर बार जब परकोटे पर शत्रु की हार होती, रणभेरी फूँकते, और युद्ध घोष करते:
"जय सारणेश्वर!
जय राईका समाज!
हर हर महादेव!"

इस घोष से केवल सेना ही नहीं, पूरी पृथ्वी कांप जाती थी।

जब युद्ध मंदिर के परकोटे और मैदान में चरम पर था,
उसी समय रणछोड़ जी, नाथा जी और 20 चुने हुए राईका योद्धा एक गुप्त योजना को अंजाम
देने के लिए आगे बढ़े।

नाथा जी वर्षों से एक पुरानी जलनिकासी सुरंग के बारे में जानते थे जो युद्ध के समय किले
या शिविर तक पहुंचने के लिए इस्तेमाल की जाती थी।
उसी सुरंग से वे धुएं और युद्ध की गूंज के बीच चुपचाप
खिलजी के शिविर में प्रवेश कर गए।

शिविर के अंदर गंध थी — पसीने, लोहे और रक्त की।
एक कोने में लोहे की मोटी सलाखों वाला एक पिंजरा रखा था। उसके भीतर बैठा था — देवा।

बीस वर्षों की कैद, यातना और बेड़ियों ने उसका शरीर झुका दिया था,
पर उसकी आँखें...   आज भी वैसी ही थीं —
दहकती हुई, न थकने वाली, ललकारती हुई।

रणछोड़ जी ने जैसे ही उसे देखा, उनकी आँखें नम हो गईं —
वो सब्र जो वर्षों से बांध रखा था, आज वह दीवार फूट पड़ी।

" देवा..." – रणछोड़ जी अपनी नम आंखों से बोले।

नाथा जी ने धीरे से सलाखों को काटने लगे।
एक सैनिक ने आवाज़ सुनी और चिल्लाया,
तभी युद्ध शुरू हो गया।

चारों ओर तलवारें खिंच गईं। राईका योद्धाओं ने
तीन खिलजी सैनिकों को वहीं ढेर किया।

रणछोड़ जी स्वयं एक हाथ से लाठी और कटार का ऐसा मेल चलाते थे कि जवान दुश्मन भी
डर गए।

सलाखें टूट चुकी थीं,
देवा बाहर आया।
हाथ में कटार ली और रणछोड़ जी से कहा:

"अब बहुत हुआ... अब समय आ गया है
मेरे अपनों की शहादत का ऋण चुकाने का!"

शिवा और हम्मीर, युद्ध के केंद्र में जब तीसरे आक्रमण का प्रतिकार कर रहे थे,
तभी रणभेरी बजती है और देवा मैदान में प्रवेश करता है।

उसकी चाल में थकावट नहीं, बल्कि बीस वर्षों की आग थी।

शिवा ने उसे देखा —
पहले तो आंखें फटी की फटी रह गईं।
फिर वह चिल्लाया: "बापू...!"

हम्मीर की आंखें भर आईं। उसने शिवा की पीठ थपथपाई और कहा: "आज राईका पूरा है...
अब कोई हमें हरा नहीं सकता!"

तीनों एक साथ युद्ध में उतरते हैं — शिवा लाठी में लपटें लिए,
हम्मीर तलवार में चपलता समेटे, और देवा — कटार लेकर जैसे काल बनकर।

तीनों के आक्रमण से खिलजी की सेना के परकोटे तक हड़कंप मच जाता है। मानो शिव ने
आज फिर त्रिशूल धारण किया है — और असुरों का अंत निश्चित है।"

5

सारणवा की धरती अब लालिमा से ढकी हुई थी —
पर यह लालिमा सूर्य की नहीं, बल्कि रक्त से सिंचित हुई वीरता की थी।

हर ओर तलवारों की टंकार,
घोड़ों की हिनहिनाहट, लाठियों की गूंज और युद्ध घोष की गूंज गगन को भेद रही थी।

शिवा और हम्मीर,एक साथ लड़ रहे थे — जैसे अग्नि और वायु।

अब तक खिलजी की सेना मंदिर द्वार तक पहुँच चुकी थी।
मलिक काफूर खुद शिवा और हम्मीर के सामने आया अपनी लंबी तलवार के साथ।

काफूर ने छल सेपीछे से आकर शिवा पर एक घातक वार किया — एक ऐसा वार जो उसके
हृदय को चीर देता।

लेकिन उसी क्षण —हम्मीर बिजली की गति से शिवा के आगे आया और वह प्रहार उसकी
छाती में समा गया।

लाल अंगरखी रक्त से भीग चुकी थी,
चेहरा पीला पड़ रहा था,लेकिन आँखों में चमक अभी भी वही थी।

128

शिवा उसे पकड़ कर गिरने से रोकता है।
हम्मीर ने मुस्कुरा कर कहा:
"शिवा... हर... हर... महादेव..."

उसने काँपते हाथ से शिवा का हाथ थामा और मंदिर की ओर इशारा किया —
मानो कह रहा हो: "अब यह रक्षा तुझ पर है..."

और...
उसके होंठ स्थिर हो गए। शरीर शांत हो गया। साँसें रुक गईं।

शिवा ने हम्मीर के शरीर को ज़मीन पर रखा,
और कुछ क्षण ऐसे थे जब संपूर्ण युद्धभूमि मौन हो गई।

शिवा की आँखों से आँसू नहीं निकले —
वो तो भीतर ज्वालामुखी बन चुके थे।

उसकी मुट्ठियाँ भींच गईं, धड़कनें रुकने लगीं और वह चुपचाप खड़ा रहा...
जैसे समय को चुनौती दे रहा हो।

रणछोड़ जी दूर से उस दृश्य को देख रहे थे।
उनका एक और बेटा चला गया — जिससे बेटी ब्याही जानी थी।

नाथा जी ने मुँह फेर लिया।
और देवा ने तलवार और अधिक कसकर पकड़ी।

अब शिवा शून्यता से बाहर निकलेगा...
या भीतर का ब्रह्मांड फट जाएगा।

सूरज अब पश्चिमी क्षितिज की ओर झुक रहा था,
लेकिन युद्ध की लपटें अभी धधक रही थीं।

रक्त से रंगा आकाश, धूल से भरा मैदान —
सिरोही की 15,000 की सेना अब थक कर हाँफ रही थी।

राईका योद्धा — वीर और निष्ठावान, परन्तु अब उनके हाथों में कंपन था, घावों से बहते रक्त
ने उन्हें कमजोर कर दिया था। एक एक कर रणवीर गिर रहे थे।

रणछोड़ जी — जिनके लिए यह युद्ध शिवा, देवा और राईका अस्मिता का प्रश्न था —
वो अपनी लाठी के सहारे लड़ते-लड़ते घुटनों पर आ गिरे।

उनकी आंखों में थकान थी, जैसे कोई योद्धा कह रहा हो —
"अब मैंने सब किया, अब समय तुम्हारा है..."

नाथा जी उन्हें थामने दौड़े —
उनके माथे पर हाथ रखा —
और दोनों ने एक-दूसरे की आंखों में विसर्जन की मौन स्वीकृति पढ़ ली। मंदिर के द्वार पर,
शिवा अब भी लड़ रहा था — अकेला, घायल लेकिन अविचल।

तभी मलिक काफुर ने पीछे से एक घातक वार किया
और शिवा ज़मीन पर जा गिरा।

चारों ओर से सैनिकों ने चार्ज कर दिया।
महाराव विजयराज, अपने रथ से कूद पड़े और
तलवार खींच कर काफुर से भिड़ गए।

उनके प्रहारों में वह राजसी गरिमा नहीं थी —
बल्कि एक पिता का क्रोध था जो सारणवा को बेटे समान मानता था।

उसी बीच वे चिल्लाए:
"राजा, गोपाल, भूरा! शिवा को बाहर ले जाओ!"
शिवा के साथी उसे उठाकर मैदान से बाहर की ओर ले गए।

शिवा घायल था, उसके शरीर से रक्त बह रहा था,
पीठ पर ताजगी नहीं, पर आत्मा जल रही थी।

महाराव विजयराज ने उसे प्राणों की कीमत पर बचाया था।
शिवा जब अपने साथियों की गोदी में पड़ा था,
तब उसकी आँखें ऊपर सारणेश्वर की ओर लगी थीं।

उसे याद आया दादा रणछोड़ जी का कथन:
"हर राईका जब अंतिम कगार पर पहुंचे...
तो वह रास्ता नहीं ढूंढता... वह भीतर उतरता है।"

शिवा उठा —
खून से लथपथ, परंतु अडिग, स्थिर।
उसने चुपचाप जंगल का रुख किया,
झरने के पास पहुंचा, और चट्टानें हटाने लगा।

जैसे-जैसे वह अंदर उतरा —
शिवा को वो वही कंपन महसूस हुआ
जो उसने पहली बार उस मणि के पास जाकर अनुभव किया था।

गुफा में जल अभी भी टपक रहा था,
परंतु उस दिन की तरह आज वह जल नहीं —

मंत्र बन चुका था।

वह मणि —
जिसे नेग जी ने कभी अकेले में देखा था,
अब अपने दूसरे वारिस के स्वागत के लिए
दमक रही थी। शिवा के पास जैसे ही मणि पहुंची —
गुफा एक दिव्य प्रकाश से भर गई।

चारों ओर एक हल्की ध्वनि गूंजने लगी — शिव तांडव स्तोत्र की धुन
मानो स्वयं ब्रह्मांड गा रहा हो। शिवा ने मणि को अपने हृदय से लगाया —
और उसी क्षण —वह थरथरा उठा।

एक ज्वाला —
उसके पैरों से निकलती हुई सिर तक पहुंच गई।
उसकी आँखे अब काली नहीं, बल्कि भस्म रंग की थीं।

उसके बाल हवा में उड़ने लगे,
उसके शरीर पर त्रिशूल और रुद्राक्ष जैसे दिव्य चिन्ह उभर आए।

हर श्वास के साथ
एक-एक मंत्र का स्वर उसके शरीर से फूटने लगा।
अब शिवा नहीं था —अब वह "शिवस्वरूप" था।

शिवा बाहर निकला — उसके पाँव अब धरती को नहीं छूते थे।वह हवा में तैरता हुआ
युद्धभूमि की ओर बढ़ रहा था।

उसके पीछे एक दिव्य ऊर्जा की लहर चल रही थी
जो हर घायल राईका योद्धा को बल दे रही थी।

रणछोड़ जी, देवा, नाथा, महाराव,
और हज़ारों की सेना — सबने पहली बार ईश्वर को चलकर आते देखा।

मणि अब उसके हाथ में थी —
और उससे निकल रही लहरों ने
खिलजी की सेना को स्तब्ध और बेहोश कर दिया।

घोड़े खौफ में भागने लगे,हाथी घुटनों पर गिरने लगे।
शिवा ने मणि को हवा में उठाया और उसे जोर से धरती पर दे मारा।

उसके साथ ही —एक महाकंप हुआ।
धरती हिल गई, नदी की धाराएं बदल गईं,
और हवा में विद्युत कौंधने लगी।

खिलजी की सेना तितर-बितर हो गई।
तोपें टूट गईं, ढालें पिघल गईं, लोहे गलने लगे, और शिवा का रूप और भी प्रखर हो गया।

कुछ क्षणों के लिए — शिवा के पीछे एक त्रिशूल की छाया उभरी। किसी को भ्रम नहीं रहा —

साक्षात शिव ही उतरे हैं।

शिवा के हर प्रहार मेंहजारों तलवारों की ताकत थी।
वह जहाँ जाता — खिलजी के सैनिक वहीं भस्म हो जाते।

जब शिवा अपने तेजस्वी रूप में
खिलजी के सामने पहुँचा, तो खिलजी काँपता हुआ गिर पड़ा।
"क्षमा... क्षमा कर दे महावीर..."

शिवा की तलवार ऊपर उठी — पर उसी समय मणि की चमक धीमी हुई और एक मधुर
स्वर शिवा के अंतर्मन में गूंजा:
"वह जो विध्वंस करता है, उसका अंत उसकी कायरता से होता है।
तू क्षमा कर... और इतिहास बना..."

शिवा...
जिसने अभी-अभी देवत्व के स्तर को छूकर
धर्म और मातृभूमि की रक्षा की थी, अब धरती पर गिर पड़ा।

उसकी देह अब भी तप रही थी, पर उसमें गति नहीं थी।
मणि का प्रकाश मंद हो चुका था।
आकाश शांत था — और हवा में एक दिव्य गंध समा चुकी थी।

रणभूमि में अब युद्ध नहीं था, बस एक निःशब्दता,
जो इस बात की साक्षी थी कि धरती ने अभी-अभी एक चमत्कार देखा है।

शिवा की आँखें मूँद चुकी थीं, पर चेहरा शांत था — मानो कोई ध्यानस्थ योगी
आखिरी साँसों में समाधि में लीन हो गया हो।

रणछोड़ जी घुटनों के बल गिरते हुए शिवा के पास पहुँचे।

उन्होंने काँपते हाथों से शिवा का माथा अपनी गोद में रखा।
आँखों से बहते आँसू शिवा के चेहरे पर गिर रहे थे।

नाथा जी, देवा, महाराव, सभी अब वहाँ पहुँच चुके थे।

रणछोड़ जी की आवाज़ थरथरा रही थी:

"शिवा... बेटा... उठ... देखो, हम जीत गए बेटा...
सारणेश्वर की रक्षा हो गई... बेटा उठ..."

लेकिन शिवा की आँखें अभी बंद थीं।
वह ऊर्जा का वह पात्र था जो अभी-अभी
अमरत्व के पार उतर कर लौटा था।

देवा जो अब तक बस अपने बेटे को युद्ध में जलता हुआ देखता रहा था,
अब उसके पास बैठा और शिवा का सिर अपने कंधे से लगाया।

उसके शब्दों में करुणा थी, और वर्षों की छटपटाहट:
"शिवा... मेरी आंखें तुम्हें जीवन भर खोजती रही बेटा...
अब जब तू मेरे सामने है... तो यूँ शांत क्यों है..."

रणछोड़ जी ने देवा के काँधे पर हाथ रखा —बिना बोले, दोनों की आँखों में वही एक प्रश्न था
—

क्या शिवा बच पाएगा?

तभी...शिवा की पलकें धीरे-धीरे हिलती हैं,
उसकी साँसों में अब हलचल थी।

सबकी साँसें थम गईं। शिवा ने जैसे ही आँखें खोलीं,
उसने सामने देखा — अपने पिता, अपने दादा, और मंदिर की छाया।

उसने हल्के स्वर में कहा: "दादा... बापू... क्या हम जीत गए?"

रणछोड़ जी ने उसकी हथेली थाम ली:
"हाँ बेटा... हम जीत गए... पर ये जीत तेरी थी...
सारणेश्वर ने आज तेरे रूप में प्रकट होकर इस मातृभूमि की रक्षा की है..."

शिवा के आँसू बह निकले।
वह दोनों के गले लग गया —तीनों पीढ़ियाँ — एक में समा गईं।

चारों ओर खड़े नौ कबीले के प्रमुख —
जो अभी तक योद्धा थे, अब साधक हो चुके थे।
उनके मुख पर एक ही अभिव्यक्ति थी — श्रद्धा।

गमना जी ने सिर झुकाते हुए कहा:
"अब कोई संदेह नहीं रहा... शिवा सिर्फ शिवा नहीं रहा...
वो अब सारणवा की आत्मा है।"

मंदिर के घंटों की आवाज़ अब फिर से गूंजने लगी थी।

सारणेश्वर मंदिर के दीप तेज से जगमगाने लगे।

कहीं से एक स्वर उठता है: "हर हर महादेव!"

और फिर वही स्वरसारणवा की घाटियों में फैल गया — अमरता की गूंज बनकर।
यह वही क्षण था जहाँ धरती, देव और धर्म एक हो गए थे। शिवा अब मणि को वापस उसी
गुफा में स्थान देगा, लेकिन वो ऊर्जा अब उसकी आत्मा में बस गई थी।

अध्याय 14 : विदाई

1

वह भोर नहीं थी, वह एक दीर्घ मौन था।
आसमान पर सूरज की पहली किरण चढ़ने से पहले,
सारणवा की घाटी सिहर रही थी। पेड़ों की पत्तियाँ जरा भी नहीं हिलीं, पक्षियों का कलरव भी
आज कोई अल्हड़ संगीत नहीं था — बल्कि कोई रुदन की गूंज जैसी लग रही थी।

नदी की धार आज धीरे बह रही थी, जैसे वह भी इस शोक को महसूस कर रही हो जिसे
इंसान तो छोड़िए, प्रकृति भी छिपा नहीं पा रही थी।

सामने एक चंदन से बना विशाल अरथी
जिस पर हम्मीर का निर्जीव शरीर लेटा था।

सिर पर लाल साफा, शरीर पर केसरिया अंगरखा —
मगर अब उसमें वह चमक नहीं थी जो युद्ध में चमकती थी।

वह नायक, जो देवता से आँख मिलाकर खड़ा हो सकता था,
आज चुप था, निःशब्द... शांत।

कुछ दूर बैठी जतनो —
हाथ में उसका राख से सना साफा, बाल खुले हुए, ओढ़नी खिसकी हुई —
फफक-फफक कर रो रही थी। उसके क्रंदन में पवित्र प्रेम का सागर फूट पड़ा था।

"क्यों नहीं कहा तुमने कुछ ...?
क्यों नहीं रोका था मुझे...?
अब कौन मोरों से बात करेगा...
कौन ऊँटों को मेरे लिए सजाएगा...?"

उसके आँसू ज़मीन को गीला कर रहे थे,
और पास बैठी उसकी सहेलियाँ
बस मौन थीं — जैसे वे भी रो नहीं पा रही थीं,
क्योंकि उनका रोना छोटा पड़ रहा था।

देवा — वह वीर योद्धा जिसने दुश्मनों के छक्के छुड़ाए थे,
आज एक कोने में बैठा था और शब्दहीन रो रहा था।

उसे वो हर पल याद आ रहा था — जब उन्होंने गोपण से बच्चों को सिखाया,
जब वे पहली बार मालवा गए थे, जब तीजो से उसका मिलना हुआ था...

"कौन दोस्त था ऐसा, जो मेरा साया बन गया था...

135

आज साया ही चला गया..."– देवा ने सिर पकड़ लिया।

लक्ष्मण जी चावड़ा अपने घुटनों पर बैठ गए थे,हाथ जोड़े, आँखें बंद।
उनका बेटा — जिसे उन्होंने तलवार थमाई थी,
आज वही बेटा अब अग्नि की ओर ले जाया जा रहा था।

"हे शिव, तूने मेरा सब कुछ ले लिया...
पर मेरा गर्व मत लेना...
क्योंकि मेरा बेटा देवता बनकर गया है..."
उनके शब्दों में वेदना नहीं, विवश गर्व था।

शिवा —
जो खुद अभी महायुद्ध का नायक बनकर लौटा था,
आज उस मामा को अंतिम बार देख रहा था जिसे उसने कुछ दिन पहले ही
पहली बार गले लगाया था।

उसकी आँखें नम थीं —पर आँसू नहीं गिर रहे थे,
क्योंकि उसके भीतर शिव तांडव और मोह – दोनों एकसाथ पल रहे थे।

"तूने मेरी माँ को गोद में लिया था...
आज मैं तेरे लिए हाथ जोड़ता हूँ, मामा।"

अरथी को जब।चार राईका वीरों ने कंधा दिया,
और घाटी से नीचे घाट की ओर ले जाने लगे —
तो पेड़ों की डालियाँ झुक गईं।

मोर — जो कभी जतनो और हम्मीर की बातें सुनते थे,
उड़कर अरथी के ऊपर मंडराने लगे।

तोते – चुपचाप पास के कदंब पर बैठ गए।
गायें और ऊँट —
जो हम्मीर के इशारे पर चलते थे,
एक लाइन में चलकर उसके पीछे-पीछे आ रहे थे।

अंतिम संस्कार के लिए जैसे ही
देवा ने अग्नि दी —
आकाश में एक तेज झोंका आया,
मानो कोई आत्मा आकाश में समा रही हो।

रणछोड़ जी, देवा, शिवा, लक्ष्मण जी —
सबने उस अग्नि को देखते हुए

एक नई प्रतिज्ञा ली —
कि यह बलिदान व्यर्थ नहीं जाएगा।

"हम्मीर गया नहीं...
वह हर ऊँट की चाल में,
हर मोर की आवाज़ में,
हर गोपण की झंकार में
हमेशा जीवित रहेगा..."

2

कुछ दिन बाद,
सारणवा की भूमि पर एक दिव्य सुबह थी।
झरनों का स्वर मंद-मंद बज रहा था,
सारणेश्वर मंदिर के घंटे शांत खड़े थे —
जैसे किसी निर्णय के साक्षी बनने को रुके हुए हों।

सारणवा की पहाड़ियों के मध्य, एक विशाल वृक्ष के नीचे
एक बैठक सजी थी —
वो बैठक कोई साधारण नहीं,
बल्कि राइकों की आत्मा की पुनः स्थापना थी।

सांबड़ कबीले के रणछोड़ जी, चावड़ा के लक्ष्मण जी,
खाटाणा के रामजी, वेराणा के किशनजी,
सावदारिया के गमना जी, पेवाला के थानाजी,
भीम के स्वरूपजी, चेलाणा के जगरूपजी, भारका के मोती जी
— सभी प्रमुख उस वृत्त में विराजमान थे।

रणछोड़ जी के एक ओर
नाथा जी अपनी प्रखर दृष्टि से सबको निहार रहे थे,
और दूसरी ओर महाराव विजयराज सिंह
शांति और गौरव के प्रतीक बनकर विराजमान थे।

यह दृश्य था, संघर्ष से प्राप्त एकता का,
विरासत से बंधे भविष्य का।

रणछोड़ जी उठे —
उनके हाथों में एक रेशमी कपड़े में लिपटी वस्तु थी।
भीतर बैठी हुई भीड़ की साँसें थम गईं।

रणछोड़ जी ने रेशम हटाया —
और मणि पहली बार सभी के सम्मुख पूर्ण रूप में प्रकट हुई।

वो अश्रुमणि नहीं, मानो साक्षात शिव की आंखों से गिरी चेतना थी।

प्रकाश फैला — पर आंखें चौंधियाईं नहीं, बल्कि मन शुद्ध हुआ।

रणछोड़ जी बोले, स्वर धीमा, पर अडिग:
"अब आप सभी जान चुके हैं कि सरणवा की भूमि क्यों विशेष थी।
ये कोई साधारण जगह नहीं थी। ये मणि — इस धरती की आत्मा थी।
कैसे आई, कहां से आई — ये केवल भगवान शिव ही जानें।
पर अब... यह यहाँ सुरक्षित नहीं। खिलजी गया, पर लालच नहीं गया।
बहुत सी शक्तियाँ आएँगी — इसे पाने, इसे भ्रष्ट करने।
हमें इसे वहाँ रखना है... जहाँ न कोई अयोग्य पहुँचे,
न कोई इसे अपने स्वार्थ के लिए जला सके।"

सभी प्रमुख मौन थे,
मंदिर की छाया लंबी होती जा रही थी।

तभी महाराव विजयराज बोले —
उनका स्वर स्थिर था:
"नाथा जी... और गमना जी,
आप दोनों को ये जिम्मेदारी दी जाती है।
इस मणि को ऐसे स्थान पर रखिए
जहाँ इतिहास भी बस अनुमान लगा सके।
जहाँ सिर्फ श्रद्धा पहुँचे, स्वार्थ नहीं।"

नाथा जी ने मौन में सिर झुकाया।
गमना जी की आंखों में आदर था, और संकल्प।

वे मणि को लेकर एक गुप्त तीर्थ की ओर रवाना हुए,
जहां धरती के गर्भ ने फिर से उस चेतना को अपना लिया।

नाथा जी के लौटने के बाद, सभा फिर मौन में बैठी थी।
तभी महाराव ने सबकी ओर देखकर दोहराया —
वही घोषणा, जो अब व्रत बन चुकी थी:

"सारणेश्वर के मंदिर की बागडोर हर वर्ष देवझूलनी एकादशी को
राईका समाज को सौंपी जाएगी। ये अधिकार नहीं — ये उत्तरदायित्व है।
ये वो ऋण है, जो इस मंदिर ने तुम सबके पूर्वजों को दिया था।"

कुछ ही समय बाद राइकों के कबीले फिर से अलग हुए।
पर इस बार वो बिखरे नहीं थे — वो फैले थे।

चावड़ा कबीला सादड़ी में जाकर बस।
पेवाला जोधपुर की और,खाटाणा बागोड़ा में ,वेराणा सांचौर में,भारका सिणधरी में ,सावदारिया महेसाणा की तरफ ,भीम डूंगरपुर की और,चेलाणा सोजत की और प्रस्थान किया।

हर दिशा में राईका कबीले
धर्म, संस्कृति और सम्मान के दीप जलाने लगे।

यह कोई पलायन नहीं था,
बल्कि राईका चेतना का बीजारोपण था,
जिसका वृक्ष आज भी
सारणेश्वर के आंगन में फलीभूत होता है।

सदियों बीत गईं,
इतिहास के पृष्ठ धुंधलाए,
राज्य बदले, सीमाएँ बदलीं,
पर एक परंपरा अडिग रही —

हर वर्ष, देवझूलनी एकादशी को,
सारणेश्वर मंदिर पर राईका समाज की बागडोर होती है।

वे सजधजकर आते हैं —
लाठी लिए, ऊंटों पर, बच्चों के साथ,
घाघरे और जर्सी की ओढ़नी में सजी महिलाएं,
और लाल पगड़ी में विराजमान बुजुर्ग।

हर कोई जानता है — ये कोई त्योहार नहीं...
ये हमारे पूर्वजों का आह्वान है...
ये मणि की ध्वनि है... जो हर राईका के रक्त में धड़कती है...

"और जब कोई पूछता है —
कहाँ है वो मणि?
तो बस एक उत्तर आता है —
हर राईका की आत्मा में।"

3

कई सदियों बाद,
सन् 1820 का वसंत,

राजपूताना की तपती धूप के बीच एक अंग्रेज़ अधिकारी सिरोही की ओर बढ़ रहा था।

कर्नल जेम्स, जो उस समय ईस्ट इंडिया कंपनी के

पॉलिटिकल एजेंट के रूप में उदयपुर रेजिडेंसी में तैनात थे,
कुछ दिनों की छुट्टी पर सिरोही आए थे।
उन्हें स्थानीय संस्कृतियों, लोकाचार और प्राचीन मंदिरों में विशेष रुचि थी।
सारणवा की घाटियों में बसे सारणेश्वर महादेव मंदिर के बारे में उन्होंने बहुत कुछ सुन रखा
था।

जब वे वहाँ पहुँचे तो मंदिर की भव्यता और आध्यात्मिक ऊर्जा ने उन्हें गहराई से प्रभावित
किया।

सारणेश्वर मंदिर में दर्शन करने के बाद,
कर्नल जेम्स सिरोही दरबार के पुरातन ग्रंथागार में भ्रमण के लिए गए।

वहाँ एक पुरानी अलमारी के भीतर
ताड़पत्र और हस्तलिखित राजकीय पत्रावलियाँ पड़ी थीं।

उन्हीं में एक पत्र मिला —
महाराव विजयराज सिंह की राजमुद्रा युक्त घोषणा।

उसमें लिखा था:
"देवझूलनी एकादशी को,
प्रति वर्ष, सारणेश्वर महादेव मंदिर की संपूर्ण व्यवस्था
राईका समाज को सौंपी जाएगी।"

लेकिन घोषणा यहीं खत्म नहीं हुई थी।
कर्नल जेम्स की आंखें तब और फैल गईं
जब उन्होंने उसी पत्र के नीचे कुछ पंक्तियाँ पढ़ीं:

"नाथा जी और गमना जी को,
उस दिव्य वस्तु को, जो सरणवा की आत्मा है,
किसी ऐसे स्थान पर रखने का उत्तरदायित्व दिया जाता है,
जहाँ मनुष्य का लालच नहीं पहुँच सके।"

कर्नल जेम्स ठिठक गए।
"दिव्य वस्तु?" "सारणवा की आत्मा?"

उनके विद्वान मस्तिष्क में जिज्ञासा की लहर दौड़ गई।
क्या यह कोई धार्मिक प्रतीक था?
या फिर कोई बहुमूल्य खजाना?

कर्नल ने पत्र को ध्यानपूर्वक दोबारा पढ़ा।
कहीं उसमें "अश्रु मणि", शिव की कृपा या मातृभूमि की रक्षा जैसे शब्द थे — जो की काफी

धुंधले हो गए थे।
जिनका अर्थ उन्हें पूरी तरह समझ नहीं आया।

लेकिन एक बात स्पष्ट थी —
राईका समाज को कोई अद्भुत, अमूल्य धरोहर मिली थी,
जिसकी रक्षा का दायित्व दो विशिष्ट जनों को सौंपा गया था।

उस रात कर्नल जेम्स ने अपने तंबू में बैठकर मोमबत्ती की रोशनी मेंअपनी डायरी खोली और लिखा:
"आज सिरोही में मैंने इतिहास की एक झलक देखी —
न केवल मंदिर और परंपरा की,
बल्कि एक ऐसे रहस्य की,
जो देवत्व और लोकस्मृति के बीच पुल बनाता है।
'सरणवा'... यह नाम अब मेरे लिए सिर्फ एक जगह नहीं,
एक अनकहे रहस्य का द्वार बन चुका है।"

कर्नल जेम्स कई वर्षों तक न जाने किस खोज में राजपुताने में भटकते रहे। कर्नल जेम्स तो कुछ वर्षों बाद लौट गए,
लेकिन उनकी डायरी, जिसमें ये सारे विवरण थे,
आज भी भारत के किसी संग्रहालय में सुरक्षित मानी जाती है।

उस दिव्य वस्तु की चर्चा ब्रिटिश दस्तावेजों में "Unknown Sacred Element" या "Raika Sacred Custody" के रूप में दर्ज है।

ये सिर्फ एक युद्ध नहीं था...
ये सिर्फ एक मंदिर की रक्षा नहीं थी... ये थी एक प्रतीक्षा — एक अनंत यात्रा की एक झलक।

जिस दिन शिव के अश्रु से वह मणि धरती पर गिरी, उसी दिन से वह किसी सभ्यता, किसी रक्त, किसी धर्म की नहीं रही — बल्कि वह काल की साक्षी बन गई थी। सरणवा उसकी एक यात्रा थी,पर इतिहास की रेतों में वह न जाने कितनी सभ्यताओं के पतन और उत्थान की साक्षी रही है।
कभी वह रक्षकों के हाथ में थी,कभी पलायन में, कभी अंधकार के बहुत करीब...
लेकिन अश्रुमणि अब भी कहीं जाग्रत थी। कर्नल जेम्स को इसका पता लगना इसे न जाने किस मोड़ की ओर ले जाता है। क्योंकि अब पुनः वर्तमान को इसकी भनक लग चुकी थी।

और अब, वो फिर... किसी को पुकार रही है।

COMING SOON...

RAIKA
THE AWAKENING OF ASHRUMANI
"Some legacies never end..."

लेखक परिचय

ललित कुमार, राजस्थान के पाली ज़िले के मोरखा गांव से संबंध रखते हैं। बचपन से ही इतिहास, लोककथाओं और संस्कृति में गहरी रुचि रही है, जो उनके लेखन में स्पष्ट झलकती है। ललित कुमार ने लेखन को आत्म-अभिव्यक्ति का माध्यम बनाया और वर्षों के परिश्रम के बाद 'Raika - In The Shadow of Ashrumani' नामक उपन्यास प्रस्तुत किया। यह कृति राजस्थान के राइका समुदाय के शौर्य, संघर्ष और संस्कृति को जीवंत करती है।

उनकी लेखनी ऐतिहासिक तथ्यों, लोकमान्यताओं और भावनात्मक कथानक का संतुलित मेल है। यह उनका पहला उपन्यास है, परंतु पाठकों को जोड़े रखने की उनकी शैली उन्हें भविष्य के लिए तैयार करती है।

EMAIL– Lk973402@Gmail.com

Instagram –@iamlalitraika